KB195447

우리는 지금 센토사로 간다

우리는 지금 센토사로 간다

크론병을 넘어서

초판 1쇄 발행 | 2024년 11월 25일

지은이 김홍석
발행인 한명선

책임편집 김수경
제작총괄 박미실
디자인 모리스

주소 서울시 종로구 평창길 329(우편번호 03003)
문의전화 02-394-1037(편집) 02-394-1047(마케팅)
팩스 02-394-1029
전자우편 saeum2go@hanmail.net
블로그 blog.naver.com/saeumpub
페이스북 facebook.com/saeumbooks
인스타그램 instagram.com/saeumbooks

발행처 (주)새움출판사
출판등록 1998년 8월 28일(제10-1633호)

• 잘못된 책은 바꾸어 드립니다.
• 책값은 뒤표지에 있습니다.

 은 새움출판사의 에세이 브랜드입니다.

우리는 지금 센토사로 간다

크론병을 넘어서

김홍석 지음

뜻밖

Part 1
크론병의 동굴 속에서

Part 2
나는 내 삶을 구경하기로 했다

크론병의
동굴 속에서

새싹 같은 아이

"아버님! 더 이상 지체하시면 원이가 죽을 수도 있습니다. 제대로 세상을 구경해 보지도 않은 아이입니다. 이대로 시간만 끌고 계실 일이 아닙니다. 빨리 수술을 해야 합니다."

송교수는 원이가 누워 있는 병실에서 차마 못한 이야기를 병동 앞 잔디밭에서 강한 어조로 내뱉었다. "빨리 수술하면 생명에는 지장이 없습니다…." 몇 분간 송교수는 뭐라뭐라 계속 말을 했다. 하지만 아무 말도 내 귀에는 들어오지 않았다. 듣고 싶지 않은, 아니 정확히 말하면 피하고 싶은 이야기라서 귀를 닫아 버렸다. '젠장, 어김없이 봄은 잘도 오네. 지난 겨울 많이 추웠었는데… 결국에는 싹이 돋아나네.' 그렁그렁 눈물이 고인 눈으로도 잔디밭의 새싹들이 또렷이 보였다.

'아니야. 원이도 반드시 새싹처럼 다시 회복할 거야. 회복할 수 있어! 수술은 무슨 수술. 절대 안 돼. 죽는다고 해도 수술은 안 돼. 내가 같이 죽으면 되잖아. 인간은 어차피 죽게 돼 있어. 조금 빨리 간다고 뭐가 대수야. 안 돼! 절대로.'

송교수에게 차마 대놓고 말은 못하고 속으로만 중얼중얼 되새기고 있었다. "아버님! 어머님과 상의하셔서 수술 날짜를 바로 정하세요. 이번 주를 넘기면 안 됩니다. 원이의 목숨 장담 못합니다." 송교수는 힘을 주어 말하고는 다시 컴컴한 동굴 속으로 들어가 버렸다.

휴~우. 숨을 크게 쉬어야 했다. 그렇지 않으면 가슴 속 저 깊은 곳에 박혀 있는 무엇인가가 숨을 쉴 수 없게 만들 것 같았다. 터벅터벅 송교수의 발자국을 따라 나 또한 동굴 속으로 들어왔다. 똑, 똑, 떨어지는 링거의 수액이 마치 깊은 동굴 속의 천장에서 떨어지는 석회수 소리처럼 느껴졌다. 고요하고 적막했다. 병실에는 원이가 뱉어 내는 여린 숨소리만이 크게 울려 퍼지고 있었다.

'가엾은 녀석.' 눈물이 흘러 제대로 바라볼 수가 없었다. 심장에 눈물이 가득 고여 숨이 멎는 것 같았다. 꿈이었으면…. 이대로 자고 일어나면 아무 일도 없었던 것처럼, 그렇게 꿈이라면 얼마나 좋을까.

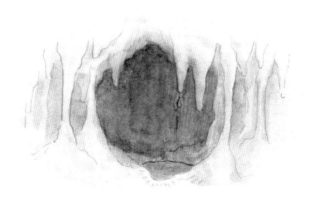

나의 아가에게

탯줄을 꼬옥 쥐고 세상에 나왔던 그 순간이 떠오른다.

두 눈을 부릅뜨고 아빠를 쳐다보던 그 얼굴이 그려진다.

엄마에게 행복을 선물하러 온 것일까.

아빠에게 기쁨을 선물하러 온 것일까.

그렇게 너는 우리에게 생생한 삶의 선물이 되었다.

링거 줄을 꼬옥 쥐고 침대에 누워 있는 너를 바라본다.

두 눈을 꼭 감고 아무도 보지 않는 네 마음을 마주한다.

엄마만의 모성애를 확인해 보고 싶은 것일까.

아빠에게 책임감을 일깨워 주고 싶은 것일까.

이렇게 너는 우리에게 아프지만, 멈출 수 없는 삶의 원동력이

되었다.

크론병이라니

원이는 초등학교 6학년 때 140cm 정도의 키에, 몸무게가 37kg 정도 나갔던 제법 통통한 아이였다. 양 볼이 터질 듯이 빵빵했고, 몸에도 살집이 꽤 있었다. 통통한 원이가 나의 초등학교 시절처럼 뚱뚱하게 자랄 것 같아 염려되었다. 그래도 성장기에는 많이 먹어야 키도 큰다는 나의 어머니의 지론으로, 우리는 원이가 원하는 것을 마음껏 먹을 수 있도록 했다.

하지만 원이는 중학생이 되면서부터 조금씩 식사량을 줄여 갔다. 처음에는 원이가 다이어트를 하는 줄 알았다. 중학생이 되고 2년 가까이 키는 10cm 정도 자랐지만, 몸무게는 거의 늘지 않았다. 초등학교 때하고는 완전히 다른 바쁜 학원 일정들 속에서 도무지 살이 붙을 수 있는 시간은 없어 보였다. 붙어 있던 살마저도 키가 크려고 위로 쭉쭉 올라가고 있는 중이라고만 생각했다.

그렇게 원이는 조금씩 야위어 가고 있었다. 종종 속이 불편하다고 말한 적도 있었다. 하지만 그때마다 학교와 학원 스트레스 때문일 거라고, 대수롭지 않게 여겼다. 불편한 속으로 인해 식사를 거르는 경우가 생기면 그때마다 오히려 혼을 냈다. 자꾸 안 먹으니까 위가 먹는 행위 자체를 점점 더 힘들어하는 거라고 말이다.

그런 행동이 잦아져서 동네 가정의학과에 데리고 가 보았다. 몇 가지 질문을 한 의사는 스트레스로 인한 소화불량이라고 진단하고, 간단한 위장약을 처방해 주었다. 그렇게 아주 가끔씩 가정의학과를 다니면서 다른 친구들과는 다른 중2병을 앓아 가고 있었다. 물론 병원에 가도 위내시경 검사를 해 볼 생각은 따로 하지 않았다. 아직 어린아이였기에 내시경 검사를 필요로 하는 병이 생겼을 것이라고는 꿈에도 생각하지 않았다.

그러던 중학교 2학년 가을 어느 날, 등굣길에 원이는 배를 끌어안고 데굴데굴 굴렀다. 오른쪽 아랫배의 통증을 심하게 느꼈다. 맹장이 터졌다고 생각했다. 급히 신촌에 있는 종합병원 응급실로 달려갔다. 검사 결과 다행스럽게도 맹장은 아니었다. 그런데 안심하고 있던 우리 부부에게 의사는 원이가 크론병이 의심된다고 했다. 처음 들어보는 희귀한 질병이었다.

내시경 검사와 CT 등 몇 가지 추가적인 검사를 마치고, 원이는 공식적인 크론병 환자로 등록이 되었다. 그때까지만 해도 우리는 크론병을 잘 몰랐기에 덤덤했다. 곧 소아 크론병을 담당하는 소아내과 주치의를 배정받았다.

주치의는 크론병이란 입에서 항문까지 이어지는 소화기 전체 중에서 어느 특정 부위에 염증이 발생하게 되는데, 이 비정상적인 만성 염증이 호전과 재발을 반복하게 되는 '만성 염증성 장질환'이라고 설명을 해 주었다. 그리고 원이의 발병 위치는 오른쪽 회맹부 말단이라는 부연설명을 해 주었다. 상당수의 크론병 환자들이 원이가 발병한 그 위치에 염증을 갖고 있다고 했다.

왜 원이가 크론병에 걸리게 되었는지 궁금했다. 원인을 묻는 내게 주치의는 크론병의 발병 원인은 아직 명확히 밝혀지지 않았다고 말하면서, 유전적 요인이 있는 사람에서 장내 미생물과 인체 면역시스템 사이의 이상반응이 지속되어 생기는 것으로 보고 있다고 했다. 즉 면역체계에 문제가 있을 경우 발병하게 되며, 유전적, 면역학적 이상 및 일부 약물 등의 환경적 요인이 관련이 있을 것으로 추정하고 있다고도 했다. 그러면서 크론병을 '자가면역질환'의 한 종류라고 했다.

쉽게 이해가 되지 않았지만, 처방해 주는 약을 한 보따리 받아 들고 집으로 돌아왔다. 주치의의 설명에 아랑곳하지 않고, 우리는 크론병이 한 보따리의 약만 먹으면 바로 나을 수 있는 대수롭지 않은 질병이라고 믿기까지 했다. 그 무렵까지도 우리 부부는 병에 대한 심각성을 전혀 인지하지 못하고 있었다. 잘 낫지 않는 질환이라는 설명을 듣긴 했으나, 원이만은 약을 먹으면 나을 수 있을 것이라는 막연한 기대를 갖고 있었다.

그동안 즐겨 먹던 삼겹살과 치킨 같은 기름진 음식, 우유와 찬 음료 등을 모두 퇴출시키고, 병원에서 준 책자에 나와 있는 담백한 식재료만으로 음식을 만들어 먹었다. 지방이 없는 생선과 달걀, 두부 등과 같은 단백질과 정제된 곡류처럼 섬유소가 적은 재료로 음식을 해 주었다. 집으로 돌아온 후 한 달 가까이 조절된 식단으로 식이를 하고, 처방받아 온 약을 빠트리지 않고 먹었다. 하지만 간헐적인 통증이 간간히 있었다.

한 달 뒤 예약된 날에 다시 병원에 갔다. 그동안 종종 통증이 있었다고 말하자, 주치의는 크론병은 발병하면 평생 지속되고, 종종 통증이 따라온다는 무서운 소리를 들려 주었다. 현재의 내과적 약물치료로는 완치시킬 수 없는 병이라고까지 했다. 크론병으로 인한 증상을 줄여주기 위해 관해를 유도하고, 그 상태를 유지하는 것이 크론병 치료의 현재의 목표라고 했다. 그러면서 배가 아프면 언제든 조퇴하고 집에 돌아와 쉬어야 한다고 했다.

다시 한 달 간의 약을 처방받아 돌아왔다. 하지만 원이는 지난달보다 더 자주 배가 아팠다. 복용하고 있는 약으로 통증이 관리되지 않았다. 다시 병원에 갔다. 주치의는 일반적인 식사를 줄이고, 식사 대체 영양제를 마셔 보자고 했다. 그러면 음식물 섭취가 줄어 훼손된 장의 통증을 줄이는 데 도움이 될 것이라고 했다. 그렇게 이번에는 약과 함께 특별히 조제해 만든 특수분유를 몇 박스 처방받아서 돌아왔다.

특수분유는 약간의 오렌지 냄새가 나는 분말가루였다. 이 분유 1포를 500ml의 물에 희석해서 마시면, 한 끼의 식사가 해결되었다. 주치의는 약간 느끼할 수 있으니 찬물에 타서 먹으라고 권했다. 500ml의 찬 분유는 원이가 한 번에 마시기에 적지 않은 양이었다. 몇 번에 걸쳐 나누어서 마시고 또 마셔야 겨우 다 먹을 수 있었다.

마시면 마실수록 원이는 일반적인 밥과 반찬을 그리워했다. 보통의 식사를 안 하고 분유만 먹기가 여간 고역스러운 것이 아니었다. 하지만 이 분유가 통증을 줄이는 데 큰 도움을 주리라 믿고, 원이는 꾸역꾸역 울면서 먹었다. 아니 마셨다. 한 끼 두 끼 세 끼… 하루 이틀 일주일 이 주일.

불안한 날들

단풍잎을 드문드문 볼 수 있던 늦은 가을날이었지만 마음속은 이미 한겨울이었다. 일반적인 밥과 반찬을 멀리하고, 매 끼니 분유를 마시고 있는 원이를 등진 채 밥을 먹어야 하는 식사시간은 원이에게도 우리에게도 끔찍했다.

고통스럽게 분유를 마셔 댔음에도 원이의 장 상태는 좋아지지 않았다. 오히려 통증이 더 자주 찾아왔다. 그렇게 장의 염증 범위가 확대되고 있었다. 일상적인 식사를 하지 않고, 또한 처방받은 약을 복용했음에도 별다른 소용이 없었다. 혈액 검사상 CRP(감염, 염증이 발생하면 혈류로 분비되는 급성기 반응물질)와 ESR(체내에 존재하는 염증의 정도를

23

간접적으로 측정하는 방법) 수치가 정상 범위를 한참 벗어나고 있었다. 결국 중학교 2학년 초겨울, 원이는 크론병 환자로 등록된 후 처음으로 입원을 하게 되었다. 입원해서 염증의 수치를 낮추기 위해 항생제 주사제를 투약하는 치료를 받았다.

크론병은 스텝업step-up 요법으로 약한 약제로 치료를 시작하고, 점점 효능이 강한 약제로 단계를 높이면서 치료를 하게 된다고 했다. 항생제 치료는 약한 약제에 속했다. 이후 증상에 따라 스테로이드, 면역조절제, 생물학적 제재를 단계별로 사용할 계획이라고 했다. 입원치료 기간 중 일반적인 식사를 소식했고, 수액주사로 추가적인 영양을 공급받았다.

며칠 간의 항생제 투약으로 복통도 진정되고, 혈액검사 수치도 정상 범위로 들어왔다. 하루가 멀다 하고 찾아오던 통증은 며칠이 지나도 생기지 않았다. 다행이라고 생각하며 퇴원을 생각하고 있던 내게, 주치의는 항생제 치료는 임시방편이라고 말했다. 훗날 내과적인 치료에 반응하지 않을 경우에는 결국, 외과적 치료를 해야 한다고 했다.

다시 통증이 생겨 일상 생활이 힘들어지면 현재 나빠진 장을 '절제'하는 수술이 필요하다고 했다. 염증이 심한 부위를 잘라 내지 않으면 복통으로부터 자유로울 수 없다고 했다. 그리고 크론병 환우들의 상당수가 염증이 있는 대장 혹은 소장의 일부 부위를 절제하는 수술을 받는다는 설명을 덧붙여 주었다.

청천벽력 같은 수술 안내를 받으면서 실감이 나지 않았다. 믿고 싶지 않았다. 한창 자라야 할 아이가 장 절제 술을 받아야 한다니! 드라마에서나 나올 법한 대사를 눈 앞에서 직접 듣게 되었다.

우리 부부는 원이의 맑은 두 눈을 피해서 조용히 눈물을 흘릴 수밖에 없었다. 하지만 원이만은 수술 없이도 약물로 잘 치료될 것이라고 믿고 싶었다. 갑작스럽게 제안받은 수술을 생각, 아니 떠올리고 싶지도 않았다. 받아들일 수 없었다. 며칠 간의 항생제 치료 후 원이는 많이 좋아 보였다. 수술은 주치의가 그냥 다른 환자들의 예를 들어 준 것에 불과한 것이라고 믿고 싶었다.

항생제 치료로 다소 상태가 호전되어 원이는 퇴원을 하게 되었다. 하지만 주치의는 퇴원장에 사인을 하며 "항생제를 써서 잠시 염증 수치를 낮춘 것뿐입니다. 치료가 된 것은 아닙니다. 다시 불편해지면 정말 수술을 고려하셔야 될 겁니다."라고 강조하며 겁을 주었다.

한가득 걱정을 발등에 얹고, 원이를 데리고 터벅터벅 집으로 돌아왔다.

한의원으로

다음번에 다시 통증을 느껴 입원하게 된다면, 반드시 장 절제술을 받아야 한다는 주치의의 말이 귓가에 맴돌았다. 다른 치료법을 빨리 알아보지 않으면 수술 날짜는 이미 확정되어 있는 것과 마찬가지였다.

집에 돌아오자마자 컴퓨터를 켰다. 크론병에 관한 자료와 타 병원 진료진들의 영상과 글들을 찾아보았다. 다른 대형 종합병원 진료진들의 크론병 치료에 대한 방법도 원이의 주치의가 현재 하고 있는 것과 같았다. 그리고 한결같이 처음에는 약물로 치료를 시작하고, 상태가 호전되지 않으면 결국에는 외과적 수술의 단계를 밟는다고 안내하고 있었다. 다른 종합병원 어디에서도 수술 없이 치료한다는 의사를 찾아볼 수가 없었다. 서대문 종합병원에서 무조건 수술을 해야 한다고 했으니, 다른 종합병원을 찾아다녀도 결국 수술 이야기만 듣게 될 것이 뻔했다.

그래서 한의학으로 수술 없이 크론병을 치료하는 의사가 있는지 알고 싶어졌다. 인터넷 검색창에 '한의학으로 크론병 치료하기'라는 검색어를 넣었다. 여러 곳의 한의원들이 치료 광고를 하고 있었다. 그중 북경한의원의 인터넷 광고를 보고 누리집에 들어가 보았다. 누리집에는 크론병에 대한 정의와 크론병의 원인과 증상, 북경한의원의 크론병 치료법 등이 게재되어 있었다.

북경한의원에서도 서대문 병원처럼 크론병을 자가면역반응으로 인해 나타나는 특징이 있다고 했다. 그러면서 비장의 기능과 신장 기능의 저하가 가장 중요한 요인이기 때문에, 비장 기능을 바로잡고 신장 기능을 회복시켜서 환자에게 도움을 줄 수 있다고 했다. 여기까지 읽어본 후 바로 전화를 했다.

"북경한의원이죠? 크론병을 치료한다고 들었습니다.

맞나요?" 병원에 방문 예약을 접수하고 전화를 끊었다. '그렇지! 다른 치료법이 있잖아. 좀 더 알아보지도 않고 수술을 받았으면 큰일날 뻔했네.' 안도의 한숨이 절로 나왔다. 예약된 날짜만을 손꼽아 기다렸다. 그리고 며칠 뒤 원이를 데리고 한의원으로 갔다.

진맥을 마친 북경한의원 원장은 크론병이 잘 낫지는 않지만 침과 약으로 치료하면 효과를 볼 수 있다고 했다. 궁금한 것이 많아서 이것저것 물어보고 싶었지만, 조용히 듣기만 했다. 그래야 시간을 줄이고 빨리 원이에게 치료를 시작할 것 같았다. 그만큼 마음이 급했다. 예진실에서 나와 치료실로 이동했다. 한의사는 원이의 몸 여기저기에 자침을 했다. 그렇게 첫 침치료를 하고, 한약을 지어 병원을 나왔다.

한의원에 들어갈 때는 어둠침침했던 하늘이 병원문을 나설 때는 구름 한 점 없이 맑게 개어 있었다. 하늘이 내 기분을 알아주는 것 같았다. "됐다 됐어, 원이야. 약잘 먹고, 잘 치료받아 보자. 그러면 입원 같은 거 다시는 안 해도 될 거야." 맑은 하늘처럼 가슴이 후련해진 나는 기쁨을 감추지 못하며 원이에게 말했다.

지어 온 한약을 하루 세 번 식사 후에 따뜻하게 데워서 먹였다. 한약의 효과가 바로 나타나기를 욕심부리며, 정성껏 빠트리지 않고 열심히 먹였다. 그렇게 1주일 가량 한약을 먹였다. 하지만 원이는 한약을 먹으면 배가 더 아픈 것 같다며 잘 먹으려고 하지 않았다. 아내도 한약을 못 미더워하면서 그만 먹이기를 바라는 눈치였다. 나 역시 걱정이 되기는 마찬가지였다. 원이에게 계속 한약을 먹으라고 하기가 겁이 났다.

그렇게 열흘 정도 먹는 둥 마는 둥 하다가 결국에는 한약을 끊었다. 복통으로 인해 식사를 제대로 하지 못하는 원이의 얼굴은 점점 야위어 갔고, 중환자의 모습으로 변해 가고 있었다. 밥은 죽지 않을 만큼의 극소량만 먹고 있었다. 특수분유도 하루에 1번 정도 마지못해 마시고 있었다. 그 영향으로 원이는 겨우 학교를 기어다니다시피 하고 있었다. 학교 생활은 거의 엉망이 되어 가고 있었다.

막다른 길에서

두 달 정도 힘없이 학교를 다니던 원이가 배가 아프다고 결석을 했다. 종종 조퇴한 적은 있었으나 아침부터 등교를 못하는 상황은 처음이었다. 높아진 염증수치와 고열로 인해 원이는 통증을 견딜 수 없었던 것이다.

서대문 종합병원에 다시 입원하게 되었다. 입원과 동시에 항생제 치료를 했다. 하지만 지난번 입원처럼 항생제를 며칠 투약하는 것만으로는 차도가 없었다. 복통은 계속되었으며, 염증 수치는 도무지 내려올 기미가 보이지 않았다. 그로 인해 체온도 정상 온도로 내려가지 않았다.

주치의는 지난번 언급했던 수술의 필요성을 다시 피력했다. 지금 내과적으로는 더 이상 치료를 하기가 힘들다며, 당장 수술을 해야 한다고 했다. 그리고 소아외과 담당 의사와 면담하라며 약속을 잡아 줬다.

다음날 외과의사가 원이를 보러 병실로 왔다. 원이를 잠시 쳐다본 후 "원이야, 선생님이 더 이상 아프지 않게 해 줄게. 조금만 기다려."라는 말을 남기고 병실 밖으로 나갔다. 외과의는 나가면서 눈으로 병실 밖에서 나를 보자는 신호를 보냈다. 외과의를 따라 복도로 나왔다.

"아버님, 쉽지 않은 결정인 것 압니다. 하지만 달리 방법이 없습니다. 빨리 절제술을 해 줘야 원이가 덜 고통스럽습니다."

눈물이 흘러 대꾸를 할 수 없었다. 대답을 못하는 내게 "빠른 시일 내에 결정하시고, 간호사실에 말씀해 주세요."라고 말하며 외과의는 자리를 떴다. 병실로 돌아와 원이의 이마를 만져 보았다. 따뜻했다. 정상적인 체온보다 높은 온도였다. 항생제 주사를 계속해서 맞고 있었지만 열은 내려가지 않았고, 통증도 차도가 없었다.

'이제 정말 수술을 받게 해야 하는 것일까?' 뜨거운

한숨이 식도를 타고 역류했다. 내 마음속 깊은 곳도 점점 까맣게 타들어 가고 있었다. 벨이 울렸다. 원이 엄마였다. "오늘 외과의 면담했어. 빨리 수술 날짜를 잡으래."라고 말하자, 아내는 아무런 대답이 없었다. 눈물이 흘러 말을 못하는 듯했다. 나 역시 그랬다. 목소리를 가다듬고 "조금 생각해 보자. 너무 걱정하지 마."라는 말을 남기고 아내의 전화를 끊었다.

잠들어 있는 원이 옆에 앉아 손을 잡았다. 아직도 손이 따뜻했다. '원이야, 아빠가 미안해. 이렇게 아프게 해서….' 자는 둥 마는 둥 밤을 지새웠다. 드르륵 문이 열렸다. 내과주치의가 아침 회진을 왔다. "어제 외과 선생님 면담하셨죠, 아버님?" "네, 말씀 나누었습니다." "이제 더 이상 내과적으로 치료하기 힘들 것 같습니다. 힘드시겠지만, 하루라도 빨리 수술해 주는 것이 원이에게 도움이 되는 길입니다." 병실 문을 나서던 의사가 잠시 몸을 돌리더니 "이 또한 지나갑니다. 아버님."이라고 말하고는 자리를 떴다.

돌아가는 의사의 뒤통수에 대고 '지나가긴 뭐가 지나간다는 거야! 잘린 장이 다시 생기지도 않는데. 당신 새끼 아니라고…' 욕설을 퍼붓고 싶었다. 가슴속에서 끓고 있던 울분이 화산 폭발하듯 솟구쳐 올랐다. 그렇게 항생제 치료를 하며 다시 며칠을 보냈다. 하지만 결정을 할 수 없었다. 한의학으로 치료하면 좋아진다고 했던 북경한의원 원장 말이 머릿속에서 계속 맴돌았다.

'치료가 되니까 된다고 하지 않았을까.'

입원과 동시에 투약했던 오랜 항생제 투약 덕에 염증의 수치는 다소 낮아졌으나, 긴 항생제 치료의 후유증으로 원이는 구토를 해대기 시작했다. 음식은 전혀 먹지 못하며 수액 주사로 간단한 영양 공급만 받다 보니, 원이의 몸이 버텨 주지 못하고 있었다. 하루에도 몇 번씩 토하면서 힘들어하는 원이에게 더 이상의 몹쓸 짓은 하지 말아야 했다. 외과의 말대로 빨리 수술을 해 줘야 했다.

그러나 그날 나는 원이를 병실에 두고 동대문에 있는 동대문 한방종합병원으로 달려갔다. 마음 한구석에서

'한 번만, 한 번만 다시 생각해.'라는 망상의 싹이 연거푸 피어 올라서 제정신이 아니었다. 규모가 작은 북경한의원에서 가능하다고 했으면, 종합한방병원에서는 더 잘 치료할 수 있을지 모른다는 생각에 무조건 동대문 종합한방병원을 찾아갔다. 그래야 후회가 없을 것 같았다.

한방내과를 찾아가 벽에 적혀 있는 의사들의 세부 전공을 살폈다. 한 내과의사의 진료 과목에 크론병이라고 적혀 있었다. 꿈을 꾸는 듯했다. 한방병원에서도 크론병을 치료하고 있다는 사실에 흥분되었다.

간호사에게 결례를 무릅쓰고 담당 선생님을 잠시 만나게 해 달라고 사정하며, 진료를 마칠 때까지 기다렸다. 그리고 진료를 모두 마친 의사에게 원이의 상태를 두서없이 설명해 댔다. "제발 원이가 장을 절제하지 않고 나을 수 있게 도와주세요. 제발." 울다시피 의사에게 애걸복걸했다. 한방 내과의사는 먼저 원이의 상태에 관한 자료를 요청했다. 서대문 종합병원으로 돌아와서 담당 주치의에게 한방병원으로 전원을 가겠다고, 자료를 송부해 줄 것을 요청했다. "아버님, 한방병원으로 가셔도 소용이 없습니다. 그렇게 해서 치료가 된다면 왜 크론병을 난치병이라고 하겠습니까! 원이 고생시키지 마시고, 다시 생각해 보세요." 의사가 만류했다. 하지만 나는 도저히 수술에 동의할 수 없었다. 그리고 내과 주치의에게 억지를 부리다시피 해서 전원서류를 받아 냈다.

며칠 뒤 원이는 사설 앰뷸런스를 타고 동대문 한방종합병원으로 향했다. 차에 누워 있는 원이의 손을 꼭 잡았다. '원이야, 아빠는 절대 포기하지 않을 거야. 너를 수술 없이 반드시 낫게 해 줄 거야. 약속할게.' 눈을 감고 다짐하는 사이 앰뷸런스는 동대문 한방종합병원에 도착했다. 그리고 배정받은 입원실로 올라갔다.

입원 전에 서대문 종합병원에서 보내 준 차트를 모두 훑어본 한방내과 이교수는 도착 후 진료를 시작했다. 먼저 팔 다리에 침을 놓았고, 배 주변에 뜸을 떴다. 원이는 전원 오기 직전까지 서대문 종합병원에서 1주일 가량 구토를 했었던 탓에 몸 상태가 많이 안 좋았다. 키는 152cm

였지만, 몸무게는 28kg까지 내려와 있었다. 거의 뼈에 가죽만 붙어 있는 몰골이었다. 입원 다음날, 진료를 마친 이교수는 잠시 복도에서 면담을 하자고 했다. "현재 영양 결손 상태가 너무 심합니다. 지금 가장 시급한 치료는 영양 공급인 것 같습니다. 하지만 여기는 한방병원이어서 영양공급을 해 주는 데 한계가 있습니다. 저희 병원은 동대문의료원과 양한방 협진 진료를 하고 있습니다. 동대문 의료원에 계신 영양학 교수님께 협진을 요청해 보는 게 좋을 것 같습니다 그래야 원이를 보다 더 잘…" "알겠습니다. 빨리 알아봐 주십시오."

치료를 못하겠다는 말을 할까 봐 걱정이 되어 이교수의 말을 잘랐다. 짧게 면담을 하고 병실로 들어왔다. 앞으로 어떻게 진료를 하겠다는 것인지 알 수 없어 답답했지만, 원이에게는 내색을 하지 않았다. "원이야, 방금 다녀가신 선생님이 빨리 낫게 해 주신대. 조금만 더 힘을 내래!" 자신 있어 보이게 일부러 큰 소리로 말했다. 원이가 대답을 하지 않았다. 자는 것 같지는 않았다. 눈을 뜨고 자신의 손가락을 만지작거리고 있었다.

"원이야." 다시 한 번 부르자 그제서야 원이가 대답을 했다. "아빠, 나 잘 안 들려. 큰 소리로 말해 봐." "알았… 어." 불길했지만 무슨 영문인지도 모른 채, 더 크게 말했다. "아빠! 내 손가락도 잘 안 보… 여." 가슴이 두근거렸다.

"손가락이 안 보이는 게 뭐야?" "눈앞에 손가락이 있는지 없는지 잘 안 보여. 흐릿해." 원이가 힘없이 대답했다. 왈칵 눈물이 쏟아졌다. 원이가 왜 안 들리고 안 보이는지 알 수가 없었다. '이러다 죽는 건가.' 하는 공포심이 나를 감싸 버렸다. 달려 나가 간호사에게 말하려 했지만 걸음을 뗄 수가 없었다. 발걸음이 떨어지지 않았다. 주저앉아 하염없이 눈물만 흘려 댔다.

'못난 아빠가 결국 사고를 쳤구나. 계속 시간을 끌다가 더 심한 고통의 늪에 처넣고 말았어.' 흐르는 눈물이 도무지 멈출 줄을 몰랐다.

어린 짐승을 보는 어미의 눈빛으로

한 여자 의사가 병실로 들어왔다.

"안녕하세요."

눈물이 고여 있어 정확히 볼 수 없었다. "잠시만요." 눈을 비비면서 의사를 바라보았다. 죽어 가는 딱한 어린 짐승을 보는 어미의 눈빛으로 의사는 원이를 바라보고 있었다. "한방병원 이교수님한테 이야기 들으셨죠?" "네, 조금 전에 회진하실 때 들었습니다." "저는 원이 양의 영양을 담당할 의료원 송수영입니다. 안녕 원이야."

하지만 원이는 대답이 없었다. "갑자기 원이가 잘 보이지 않는다고 합니다. 잘 들리지도 않고요. 저도 좀 전에 알게 되어서 간호사실에 이야기하려던 참이었습니다." "그렇군요. 아마도 영양 결손이 심해서 청력과 시력에도 문제가 발생하고 있는 것 같습니다." "그럴 수도 있나요? 영양실조로도 안 들리고 안 보이나요?"

"다른 원인도 찾아봐야겠지만, 일단 그렇게 의심이 됩니다. 저는 현재 소아외과를 담당하면서 소아영양도 겸하고 있어요. 병실에 오기 전에 차트를 보았습니다. 서대문 종합병원에서 전원 오셨죠?" "네. 한방으로 꼭 치료해 보고 싶어서 여기로 오게 되었습니다."

소아외과를 겸하고 있다는 소개에 나는 마음속으로 바로 담을 쌓았다. 수술을 피해 이곳으로 왔는데 다시 외과의사를 만난 것이 유쾌하지 않았다. 내 의도를 간파했는지 송교수는 말했다. "아무래도 지금 원이에게는 극심한 영양 결손 상태를 먼저 치료하는 일이 가장 중요할 듯싶습니다. 상태를 좀 더 검토해 보겠습니다만, 현재 오랜 항생제 치료와 금식으로 영양 결손이 심한 것 같아요. 일단 영양 결손을 잡는 것이 시급합니다. 원이의 상태에 좀 더 맞게 영양제를 조제하여 투약하겠습니다. 영양 팀들과 상의해서 빠른 시일 내에 투약할 수 있게 해 보겠습니다. 그리고 영양 팀이 다시 한 번 아버님을 뵈러 올 겁니다. 그럼 다시 뵙겠습니다." "네, 잘 부탁드립니다."

말을 더 이어 나갈 수 없을 정도로 나 역시 온몸에 힘이 빠지고 있었다. 겨우 원이의 청력과 시력이 영양 회복 후 정상으로 돌아올 수 있는지를 물어보았다. 최선을 다해 보겠다는 대답을 남기고, 송교수는 병실을 나갔다. 그렇게 이틀이 지나고, 기존에 쓰고 있던 기성 영양제가 아닌 맞춤 영양제를 원이에게 투약하기 시작했다. 한방내과 이교수는 오전과 오후에 한 번씩 침과 뜸으로 치료해 주었다.

침 치료를 해 오던 어느 날 오후, 치료를 마친 이교수가 잠시 면담을 하자고 했다. 왠지 불길한 느낌이 들었다. 더 이상 원이를 치료할 수 없다고 말하려는 것은 아닌지 걱정이 되었다. 이교수는 원이를 동대문의료원으로 전원을 하는 것이 좋겠다고 했다. 물론 의료원으로 가도 협진으로 이교수가 침 치료를 해 줄 수는 있다고 했다. 반드시 전원해야 하는 이유가 있는지 묻는 내게, 이교수가 말했다. "한방병원에서는 현행 의료법 상 CT 검사, MRI 검사, 초음파 검사 등 당장 원이에게 필요한 검사들을 진행할 수가 없습니다. 하지만 원이에게는 지금 그런 검사들을 하면서 진료하는 것이 반드시 필요합니다. 다행히 저희 병원이 한방양방 협진병원이어서 제가 의료원으로 원이 양 치료를 하러 갈 수는 있습니다."

이렇게 하여 원이는 병동을 옮겨 동대문의료원으로 가게 되었다. 그리고 의료원에서 소아외과 송수영 교수가 주치의를 맡게 되었다. 의료원 병동으로 오자 송교수는 원이의 현재 상태를 보기 위해 초음파 검사와 CT 검사가 필요하다고 했다.

다음날 오전 초음파 검사실로 향했다. 초음파 검사 담당은 원이의 복부를 검사하면서 혀를 차며 말했다. "쯔쯧, 에휴. 멀쩡한 데가 하나도 없네. 아니 아버님, 어쩌자고 아이를 이 지경에 이르도록 그냥 두셨어요?" 너무도 불쾌했다. 하지만 화를 낼 수는 없는 일이었다. 내가 자초한 일이었기에 성질을 죽이고 "원이가 듣고 있으니, 말씀을 가려서 해 주세요."라고만 짧게 말했다.

검사 결과는 처참했다. 서대문 종합병원에서 가져온 이전의 검사 자료와 비교해 보니 염증의 범위는 더 넓어졌다. 송교수는 수술에 대해서는 아무런 말을 하지 않고, 지난 자료와 비교해서 결과만 설명해 주었다. 차분히 설명해 주는 송교수의 말은 내 가슴을 후벼 팠다. 어떡하면 좋을지 눈앞이 깜깜했다.

"현재의 상태를 보기 위해 검사를 한 것입니다. 검사 결과가 좋지는 않지만, 지금 가장 시급한 것은 원이 양의 영양 결손 치료입니다. 이 부분에 중점을 두고 영양치료부터 해 나가겠습니다." 잘 부탁드린다는 말을 남기고, 송교수 방을 나왔다. 머리가 핑 돌았다. 넘어질 듯 비틀거리며 벽에 기대어 앉았다.

서대문 종합병원을 떠난 것이 잘못된 선택이었다는 생각이 들었다. 시간을 끌게 된 결과는 장의 염증만 더 많이 퍼지게 만들어 버렸다. 한 계단 한 계단 한숨을 내

쉬면서 병실로 올라왔다. 원이에게 너무도 미안한 마음
이 들었다. 곤히 자고 있는 얼굴을 바라보기가 힘들었다.

센토사 센토사

발병 전 40kg이었던 원이의 몸무게는 28kg까지 내려가 있었다. 심한 영양 결손으로 청력 시력이 다 나빠지고 있었다. 점점 야위어 가는 원이처럼 나도 피가 말라 갔다. 나 역시 10kg이 넘게 살이 빠지고 있었다.

거울을 볼 수가 없었다. 뼈만 앙상한 눈과 볼… 돌아가신 아버지가 떠올랐다. 몇 년의 투병 생활을 하다가 아버지는 조용히 하늘나라로 가셨다. 아버지의 마지막 얼굴이 떠올랐다. 거울 속에 있는 내 모습이 그 모습과 꼭 닮아 있었다.

'아버지, 나 너무 힘들어. 원이 좀 살려줘.' 거울 속의 아버지에게 눈물로 호소했다. '한 번만 도와줘. 제발…'

송교수는 원이의 주치의가 된 그날부터 아침 저녁으로 병실을 방문해 원이의 상태를 체크해 주었다. 새롭게 맞춘 영양주사의 반응을 또한 수시로 확인했다. 원이는 큰 문제 없이 적응해 갔다. 송교수의 극진한 손길이 결손된 원이의 영양을 조금씩 메워 갔다. 1주일 또 1주일이 지나가면서 몸무게가 100g, 200g… 1kg이 늘었다. 28kg에서 28.5kg으로, 그리고 30kg으로 올라갔다. 다행스럽게 조금씩 청력과 시력을 회복해 나갔다.

　　송교수는 아침 저녁으로 두 번씩 병실로 찾아와 원이 손을 잡고 말을 걸어 주었다. "오늘은 어떻게 지냈어요? 힘들지 않았어요?" 다정하게 묻는 송교수의 물음에 원이는 빙긋이 웃기만 했다.

　　"우리 원이는 퇴원하면 제일 먼저 어디 가고 싶어요?" 이젠 조금씩 듣기 시작한 원이가 힘없는 목소리로 속삭였다. "센토사요…." "센토사? 싱가포르 센토사 가고 싶어요? 예전에 가 봤어요?" "네. 원이가 초등학교 때 싱가포르에서 몇 년 살았습니다."

원이를 대신해서 내가 말했다. "그랬군요. 선생님이 꼭 센토사 다시 갈 수 있게 도와줄게요. 원이는 조금만 더 힘내면 돼요. 알았죠?" 그렇게 송교수는 원이에게 날마다 희망을 불어넣어 주었다.

'센토사.' 원이는 초등학교 3년을 싱가포르에서 다녔다. 엄마가 회사에서 싱가포르 주재원으로 발령을 받으며 그곳에서 3년을 살게 되었다. 센토사는 원이가 싱가포르에서 가장 좋아하던 장소였다. 유니버설스튜디오와 워터파크 등의 테마파크와 해상 케이블카, 메가짚 그리고 모래 해변이 있는 싱가포르 내의 또 하나의 보물섬이었다.

송교수의 질문 이후로 원이는 목표가 생겼다. "아빠, 나 싱가포르 센토사에 또 갈 수 있을까?" "그럼 당연히 갈 수 있지." 목이 메었다. '갈 수 있어. 당연히 갈 수 있어 아가.' 되뇌이고 또 되뇌었다. "원이야, 예전에 싱가포르 살 때 자주 들었던 브루노마스 노래 틀어 줄까?" 원이가 채 대답하기도 전에 나는 브루노마스 앨범을 찾았다. 그리고 그 당시 하루에도 몇 번씩 들었던 '저스트 더 웨이

유 아 Just The Way You Are'를 원이에게 들려주었다. 그때처럼 노래를 듣고 또 들었다. 그리고 지난 싱가포르 생활을 함께 회상했다. 원이의 얼굴에 간만에 웃음꽃이 피었다. 브루노마스의 몇 곡의 노래를 반복해서 듣다가 원이는 잠이 들었다.

잠든 원이를 물끄러미 바라보았다. 원이가 그토록 싱가포르 생활을 그리워하고 있는 줄은 몰랐다. 기억을 되살리며 싱가포르에 대해 말하는 단어 하나하나에서 진한 향수가 묻어 났다. 내 기억에는 항상 나의 직업 문제로 가족과 잠시 떨어져 있어야 했던 쓸쓸한 시간이었다. 1년에 두 번 내가 싱가포르에 원이를 보러 갈 수 있었고, 6월 방학 때 원이가 한국에 들어오면 다시 만날 수 있었다.

싱가포르에서 나 혼자 한국에 돌아올 즈음이면, 원이는 내가 떠나기 2~3일 전부터 식욕을 잃고 울어 댔다. "아빠, 가지 마." 하면서 내 신발을 숨기기까지 했다. 아마도 그때 채워 주지 못했던 아빠의 정을 지금 이렇게, 이런 식으로 보충해 가고 있는 것 같았다.

천천히 조금씩 나아가는 거야

"아빠, 블라인드 내려 줘."

창밖 세상을 물끄러미 바라보던 원이가 말했다. "그래, 눈부셔?" 창문 너머로 교복을 입은 여학생들이 등교하는 모습이 보였다. 원이는 또래들의 등굣길 모습을 외면하고 싶은 것 같았다.

"아침 햇살이 많이 눈부시네." 블라인드를 내리며 보게 된 건너편 여학생들의 모습에서 원이가 교복을 입고 등교하던 모습이 겹쳤다. "아빠가 반드시 교복 입게 해 줄 거야."라고 말해 주려 했으나, 원이는 눈을 감고 있었다.

원이가 잠잘 때면 유튜브를 보는 게 나의 일상이었다. 검색창에 크론병이라고 적었다. 눈에 띄는 영상이 올라왔다. '크론병은 완치 가능한가?'라는 한의학 콘서트라는 이름의 영상이었다. 서울시 송파구 소재의 배독생기한의원 도영민 원장이 올린 영상이었다. 영상을 보면서 영상 속 강의 내용이 도무지 믿겨지지 않았다. '크론병은 완치되는가?'라는 주제 아래 여러 강의가 이어졌다. 영상을 보고 또 보았다.

영상 속의 도원장은 크론병은 절대 난치병, 자가면역질환이 아니라고 강조했다. 지금의 서양의학에서는 크론병의 발병 원인도 규명하지 못하고 있는 상태이고, 그로 인해 적당한 치료제도 없어서 류마티즘 등의 자가면역치료제를 크론병 환자에게도 투약하고 있는 정도라고 했다. 약이 없기 때문에 고칠 수가 없어서 불치병으로 분류시켜 놓았을 따름이라고 했다. 하지만 영상 속의 도원장은 10년 넘게 이 환자들을 치료해 오고 있으며, 한의학으로는 치료가 가능한 병이라고 누차 강조했다.

한의원에 전화를 걸어 자세한 내용을 물어보고 싶었다. 통화 중이었다. 마음이 급해졌다. 몰래 병원을 빠져나왔다. 차를 몰고 배독생기한의원으로 쏜살같이 달려갔다. 예약도 없이 들이닥쳐 막무가내로 원장님을 뵙기를 청했다. 예약 환자의 진료가 끝나기를 기다린 끝에 겨우 영상 속의 도원장을 만날 수 있었다. 그리고 도원장에게 지난 2년 가까이 원이가 걸어온 환자로서의 삶을 두서없이 늘어놓았다.

"잘 하셨네요. 수술하지 않고 버티신 거."

고막이 찢겨 나갈 듯한 삐~익 소리가 귓속을 헤집었다. 잠시 아무런 말도 들리지 않았다. 아니 잘못 들었을 것이다. '수술 안 하고 버티기를 잘했다.'는 소리를 들은 것이 사실일 리가 없었다. 내가 너무 듣고 싶었던 말이라서 헛된 망상이 들렸을 것이다.

서대문 종합병원에서 처음 수술을 권유받았을 때 망설이지 않고 바로 동의를 했어야 했다고 후회하고 있었다. 괜한 고집을 부리면서 시간만 끌었고, 그 결과 지금의 처참한 상황에까지 이르게 된 것이라고 자책하고 있었다. 그 자책감으로 너무 힘든 시간을 보내고 있었다.

심지어 죽고 싶은 생각이 든 적이 한두 번이 아니었다. 그렇게 하루하루 그 생각을 떨치지 못하고 힘들어하고 있었다.

정신이 나가 있던 나에게 도원장은 다시 말했다. "수술했으면 장이 다 잘려 나갔을 겁니다. 아버님께서 잘 판단하신 겁니다." 정신이 돌아왔다. 환청이 아니었다. "그 말씀은 도원장님께서는 외과적 수술치료 없이 원이를 치료하실 수 있다는 건가요? 수술 없이도 현재의 나빠진 장 상태를 회복시켜 주실 수 있나요? 그러면 원이가 건강한 모습을 되찾을 수 있다는 이야기인가요? 정말 가능한 일인가요? 원장님께서 원이를 그렇게 치료해 주실 수 있다는 말씀이죠?" "지금 당장 원이를 여기로 데려올까요?" 정신 없이 물었다. 이성을 잃고, 도원장님에게 대답할 시간을 주지 않고, 연거푸 묻고 묻고 또 물었다.

"어떻게 하면 되나요?"

도원장은 펜을 들었다. 그리고 종이에 다음과 같이 적었다. '모 른 다 !' 모른다는 글자를 보며, 치료를 못한다는 이야기인가 하고 가슴이 철렁 내려앉았다. 어떤 의도인지 알 수 없어하는 내 표정을 보며, 도원장은 말을 이어 갔다.

"현대 서양의학의 의료진들은 크론병의 원인이 무엇인지 알지 못한다고 말합니다. 그렇게 이야기하지 않던가요?" "네… 아마도 그랬던 것 같습니다." "크론병은 찬 음식과 기름진 음식 등의 잘못된 식습관과 찬바람 등에 노출이 잦으면서 비롯된 양기 허약이 결국 소화관을 손상시키고, 만성화된 염증을 유발하는 병입니다. 잘못된 식이로 영양이 결손되어 양기가 허약해지고, 또 몸을 차게 하는 행동으로도 양기를 허약하게 만들어 버립니다. 즉 크론병의 원인은 찬 음식의 과다 섭취와 양기의 허약으로 발생되는 것입니다." 도원장이 재차 강조했다.

소화관이 손상되어 만성적인 설사가 잦은 복통을 유발하고, 이로 인해 체중이 감소하고, 양기는 더욱 허약해지고, 결과적으로 장이 손상되어 크론병이 된다는 차트를 보여주며 자세히 설명해 주었다.

손상된 장의 발병 원인을 파악하지 못해 어쩔 수 없이 레미케이드 등의 자가면역 주사제로 겨우 치료하고 있고, 더 나아가서는 약물의 효과가 없는 만성화된 염증 부위를 자르는 장 절제수술을 하고 있는 것이 현재 서양 의학에서 하고 있는 치료법의 전부라고 힘주어 말했다.

"아버님도 아시다시피 서양의학에서는 크론병에 대한 전용 약이 아직 개발되어 있지 못한 상태입니다. 그렇기에 대증치료 중심으로 관리 정도 하고 있다고 보시면 됩니다. 그래서 항염제, 항생제, 면역억제제를 돌려 쓰면서 치료하는 것이 내과적 치료의 전부이고, 그 후 장 상태가 더욱 심해지면, 심한 부위의 대장이나 소장을 절제하는 외과적 치료를 하고 있는 것이 현재 서양의학의 크론병 치료의 전부입니다."

"맞습니다, 원장님. 지금까지 원이도 항생제, 면역억제제 등을 쓰면서 2년 동안 치료해 오고 있지만, 결국 수술을 할 수밖에 없다는 주치의의 진단을 받게 됐습니다. 하지만 지금 원이의 장 상태가 너무 안 좋아서 당장 수술을 해야 한다고 합니다. 당장 패혈증이 와도 이상하지 않을 만큼 뱃속이 위독한 상황이라고 합니다. 그래서 빨리 수술을 해 줘야 한다고 합니다. 그런데 도원장님께서 판단하시기에는 수술을 하지 않고도 훼손된 장이 나을 수 있다는 건가요?"

긍정의 답을 듣고 싶은 욕심으로 가득 찬 눈빛을 던지며 물었다. "네." 도원장은 기다렸다는 듯이 짧게 대답했다. "수술 없이 정말 가능하다고요?" 믿을 수 없다는 표정으로 재차 묻는 내게 도원장이 설명을 이었다. "양기허약을 보강해 주고, 하복부를 따뜻하게 하면서 일상을 잘 관리하면 장은 다시 회복될 것입니다. 허약을 보강하는 한약을 체질에 맞춰 써서 양기를 보강해 주면 손상된 소화관이 서서히 회복될 것입니다. 동시에 반신욕, 핫팩, 뜸 등으로 배를 따뜻하게 해 준다면 점점 더 좋아지게 될 거예요. 하지만 수술을 하게 된다면 가뜩이나 기력이 약한 환자이기에 계속 힘들게 살게 될 것입니다. 또 재발이 쉬워 추가적으로 또 수술을 받을 확률이 높아지고요. 양기를 보강하지 않으면 안 되는 치료입니다. 수술은 임시 방편일 뿐입니다."

도원장의 설명을 들으며 마음속에서 질문이 일었다. '하지만 얼마 전에 모 한의원에서 한약을 지어 먹었는데 원이가 많이 불편을 느꼈습니다. 복통도 느끼고요. 도원 장님의 처방은 다를까요? 그리고 이미 치료해 주신 크론 병 환자분하고 제가 연락 좀 해 볼 수 있을까요?' 하마터 면 입 밖으로 질문을 할 뻔했다. 종합병원에서 난치병이 라고 절대 완치시킬 수 없다고 한 크론병이었다. 완치시 켰다는 환자를 직접 만나 보고 싶었다. 그래야 더 한의원 치료를 받는 데 확신을 가질 것 같았다.

하지만 물을 수 없었다. 묻게 되면 치료를 받지 못하 게 될까 봐. 도원장을 믿고만 싶었다. "그럼 원이는 어떻 게 진료하면 되죠? 병원에 있는데." "원이는 현재 영양 결 손이 심한 상태이니 당분간 지금처럼 수액주사로 영양보 충을 해 주는 게 우선 필요할 것 같습니다. 계속 입원하 고 있으면서 영양회복을 한 다음에 상태가 호전되면, 그때부터 저희의 진료를 받으시면 될 것 같습니다. 물론 그때까지 수술은 동의하지 마시고요."

병원 문을 나섰다. 올림픽대로가 수많은 차들로 꽉 막혀 있었다. 걸어가는 것이 오히려 빠를 정도의 속도였다. 하지만 원이에게로 향하는 내 마음은 뻥 뚫려 있었다. 비록 내 앞의 수많은 차들이 그동안 우리 앞에 놓였던 걸림돌들처럼 느껴졌지만, 이제 이것은 전혀 문제가 되지 않을 것이라고 확신했다. '그래 아무리 막힌다고 해도 절대 멈춰 서는 일은 없어. 치료도 마찬가지야. 서두르지 말고 천천히 조금씩 가면 돼. 목적지에만 도달하면 되는 거야. 급할 거 없어'

후회하게 될까

"아버님, 어디 다녀오셨어요? 송교수님이 찾으시던
데." 수간호사가 병실로 들어가려는 나를 부르며 말했다.
그리고 잠시 후 송교수 사무실로 오라는 연락이 왔다.

"원이가 영양 상태가 많이 좋아지고 있어요. 다행스
럽게 몸무게도 늘어 가고 있습니다." "다 교수님 덕분입
니다. 정말 감사합니다." "원이가 잘 버텨 주어서죠. 제가
뭐 한 게 있나요. 금식을 계속하면서 영양제로 지내는 것
이 보통 힘든 일이 아닙니다. 성인들도 감당하기가 쉽지
않은데, 어린 원이가 정말 대단합니다."

자상하고 겸손한 성품을 가진 송교수가 말했다. "이
렇게 계속 좋아지면 좋겠지만⋯ 곧 수술을 준비해야 할

것 같습니다. 며칠 전 검사한 영상 결과가 나왔는데 장 상태가 아주 안 좋아요. 장들이 서로 붙어 있고, 염증도 많이 심합니다. 영양 결손이 심해 미뤄왔지만, 이제 조금씩 수술 준비를 해야 할 것 같습니다."

아무런 대답을 하지 못하고 사무실을 나왔다. 영상의 판독 결과는 끔찍했다. 송교수의 말이 백 번 맞는 것 같았다. 하지만 불과 1시간 전에 도원장에게서 수술 동의를 하지 말라는 이야기를 듣고 왔던 차였다. 혼란스러웠다. '한의학으로 다시 치료를 하고 싶다고 말하면 송교수는 뭐라고 할까? 아직도 나를 정신 못 차린 사람이라고 생각하겠지?' 어떻게 해야 될지 도무지 결정할 수가 없었다. 터벅터벅 병실로 왔다.

"아빠, 어디 갔다 왔어? 아까 선생님이 찾으시던데?" 영양 치료 덕분으로 다소 혈색이 돌고 있는 원이가 웃음기를 띠고 말을 했다. "어, 교수님 만나고 왔어." 그날 밤 도저히 잠을 잘 수가 없었다. 낮에 도원장으로부터 들은 이야기가 한쪽 머릿속에서 계속 돌아다녔다. 다른 한쪽에서는 송교수가 수술을 준비해야 한다고 했던 말이 머릿속을 가득 채우고 있었다. 또한 서대문 종합병원에서 수술을 하지 않아서 원이를 더 힘들게 했다고 자책해 오던 후회들마저 잠들려고 하는 나를 연신 깨워 댔다.

드르륵 문이 열렸다. 송교수가 아침 회진을 왔다. 원이의 안부를 확인하고 문밖을 나서면서, 밖에서 잠시 보자는 신호를 보내 왔다. "어머님하고 상의해 보셨나요? 원이 수술?" "아니요. 아직… 이제 상의해야죠." 마음은 아직 갈피를 잡지 못하고 있었다. "상의하고 말씀해 주세요."라는 말과 함께 송교수와 그 팀들이 사라져 버렸다. 아내에게 바로 전화할 수가 없었다. 밤새 고민했어도 어떻게 해야 할지 나 자신도 갈팡질팡하고 있었다. '퇴근 후 잠시 병원에 들러 줘. 상의할 이야기가 있어.' 아내에게 카톡을 남겼다.

퇴근 후 병원으로 찾아온 아내에게, 어제 갔었던 배독한의원의 도원장으로부터 듣고 온 크론병 치료에 대한 이야기를 했다. 그리고 도원장이 현재 크론병 환자들을 한약으로 잘 치료하고 있다는 이야기도 했다. 좀 더 들은 이야기를 전하려 했는데 아내는 펄쩍 뛰면서 결사반대했다. 내 이야기를 자세히 들으려고 하지도 않았다.

"지난번에 한번 한약 먹어 봤잖아. 그 결과 어땠어? 한약 먹고 원이가 더 배 아프다고 했잖아. 결국 시간만 끌었고, 원이가 죽을 뻔했잖아. 그리고 송교수님이 이제 더는 수술 아닌 치료법은 현재 없다고 하잖아! 여보, 절대 안 돼. 나 역시 쉽게 결정한 것 아니야. 힘들게 결정한 거야. 이건 원이 생명에 대한 결정이야. 당신이 고집 부려서 될 일이 아니야. 우리 교수님 말 듣자. 우리 원이 무슨 일 생기면 어떡할 거야! 내가 지금 송교수님한테 가서 수술동의서 사인할게."

흥분을 가라앉히지 못한 아내가 송교수 방으로 뛰어갔다. 그러나 다행스럽게도 송교수는 퇴근하고 사무실에 없었다. "내일 다시 와서 동의서에 사인할 거야. 당신 딴마음 절대 먹지 마. 제발!" 아내는 이 말을 남기고 집으로 돌아갔다.

아무리 생각해도 오늘 수술동의서에 바로 사인을 하는 것은 성급한 일처럼 보였다. 아내를 설득할 수는 없었지만, 그래도 동의서에 사인을 하고 싶지는 않았다. 아내가 동의서에 사인을 하러 오기 전에 미리 연락을 해야 할 것 같았다. '조금만 더 시간을 갖고 생각해 볼게. 오늘 동의서에 사인하는 것은 좀 이른 것 같다. 송교수 면담하러 병원에 오지 마. 다시 연락할 때까지.' 아내에게 카톡을 보냈다.

아내로부터 바로 전화가 왔다. 그러나 받지 않았다. 받으면 분명 옥신각신 다툴 것이 분명했다. '오래 걸리지 않을 거야. 내가 원이한테 해 주고 싶은 것이 있어. 조금만 기다려 줘. 힘들게 해서 미안해.' 다시 아내에게 카톡을 보냈다. 더 이상 아내로부터 연락이 오지 않았다. 하지만 나는 도원장에게 들었던 치료법에 마음이 서서히 점령당하고 있었다. 도원장에게서 전해 들었던, 배를 따스하게 해 주는 배꼽 주변의 핫팩 찜질과 족욕 등의 방법들을 시도도 안 해 보고 그냥 수술을 받게 하고 싶지 않았다. 도저히 받아들일 수 없었다. 시도해 봐야 미련이 없을 것 같았다.

의료기기 매장에 가서 전기 온열찜질기를 사 왔다. 그리고 찜질기로 원이의 배를 덮어 주었다. "이게 뭐야?" 원이가 물었다. "이것만 배에 계속 대고 있어도 장이 엄청 좋아진다고 누가 그랬어. 꼭 잊지 말고 밤낮으로 대고 있어. 알았지?" 어느 한의사 선생님이 알려줬다고 말할 수는 없었다. 혹시 지난번에 한약 먹고 배가 아팠던 기억이 떠오를까 조심스러웠다. "어때? 배가 따뜻해졌어?" 1시간 정도 배에 찜질기를 대고 있던 원이에게 물었다. "어, 따뜻해서 좋아." "잘됐네. 혹시 너무 뜨거우면 약한 화상 입을 수도 있어. 가장 낮은 온도로 계속 대고 있어. 알았지?" 따뜻해서 좋다는 원이의 말에 일단 안심이 되었다.

점심식사 후 침대에 누워 있는 원이에게 족욕을 시켜 주고 싶었다. "원이야, 침대에서 내려와서 여기 의자에 앉아 봐. 그리고 여기 양동이에 발 좀 담가 봐. 어때 따뜻해?" 식어 가는 물에 다시 더운 물을 더해 가며 30분 가까이 족욕을 시켰다. 핏기라고는 찾아보기 힘들던, 온기라고는 전혀 느껴지지 않던 원이의 발이 조금씩 붉어졌다. 얼굴도 점점 불그레하게 물들어 갔다.

짧은 시간 족욕을 시켰는데, 원이의 이마에 꽤 많은 땀방울이 맺혔다. 이마의 땀방울을 닦아 내며 한 차례 더 물을 교체하여 족욕을 시켰다. "아빠, 더워. 그만 할래." "조금만 참아. 자꾸 땀이 나야 좋은 거야." 원이 이마에 흐르는 땀이 몸 속의 염증이 기화되고 있는 증거라고 믿고 싶어졌다. 그리고 저녁을 먹고 다시 한번 족욕을 시켰다. 그날 밤 병실에서 나만의 치료를 몇 차례 거듭했다.

족욕을 마친 원이는 간만에 땀을 흘린 덕분인지 여느 날보다 일찍 단잠에 빠질 수 있었다. 배꼽 주변에 찜질기를 두르고 새근새근 잠이 들었다. 혹시라도 찜질기가 떨어질까 봐 한참을 지켜보다 나 역시 잠이 들었다. 그러다 문득 잠이 깨면 원이 배를 확인했다. 그리고 떨어진 찜질기를 다시 배 위에 올려놓았다. 그렇게 며칠을 계속해서 족욕과 찜질기 요법을 끊임없이 해 나갔다. 덥다덥다 불평하면서도 원이는 아빠가 해 주는 치료를 잘 따라와 주었다.

벼랑 끝에서

그렇게 족욕과 찜질기로 배를 덥히며 며칠을 보내고 있었다. 원이의 배와 발은 점점 따뜻해졌다. 도원장이 이야기한 것처럼 일상 관리에 잘 신경 쓰면 반드시 회복된다는 말에 점점 희망을 늘려 가고 있었다. 좋아지기를 간절히 기도했다.

그러던 어느 날, 소변을 보기 위해 화장실에 간 원이가 소리를 질렀다. "왜? 원이야, 무슨 일이야?" 다급해져 화장실 문을 연신 두드리며 소리쳤다. 대답은 없고 신음소리만 들렸다. 간호사를 급하게 호출했다. 간호사가 열쇠로 화장실 문을 열려고 하는 순간, 원이가 문을 열고 나왔다. "소변 보는데 방광이 너무 아팠어." 식은땀을 흘리면서 나오는 원이를 겨우 부축해서 침대에 눕혔다. 심한 통증으로 인해 원이는 넋이 나간 표정이었다.

　다음날 소변 검사와 MRI 검사, 초음파 검사를 했다. 나빠질 대로 나빠진 장들이 살이 빠져 협소해진 복강에서 서로 붙어 있으면서 장 누공이 생겨 버렸다. 그렇게 생긴 장 누공이 방광과 직접 연결되어 방광루로 장 찌꺼기를 직접 배뇨시키고 있었다. 그래서 원이는 소변을 보면서 심한 통증을 느꼈던 것이다. 송교수는 바로 소변줄을 삽입해서 그것으로 소변을 보게 했다.

　결과 영상을 보는 내내 손이 떨렸다. 장과 방광이 서로 붙어 길을 만들었고, 그 길로 장의 분비물이 소변으로 나오고 있는 상황이었다. '아아.' 한숨이 절로 나왔다. 송교수는 더는 수술을 미룰 수 없다고 했다. 빨리 유착된 장들을 정리하고, 염증이 심한 장은 절제해 주어야 하는 수술이 시급하다고 했다. 그리고 방광에 생긴 구멍도 봉합해 주어야 한다고 했다. 나 역시도 더 이상 방법이 없다고 생각했다. 그 소식을 듣고 아내가 병원으로 부랴부랴

달려왔다. 그리고 우리 부부는 1주일 후에 수술하는 것에 동의했다.

"교수님! 수술을 하게 되면 원이의 장은 어느 정도나 절제하는 건가요?" 내가 다급하게 물었다. "글쎄요. 정확한 것은 개복을 해 봐야 알겠지만, 최소한의 범위가 될 수 있도록 최선을 다해 보겠습니다. 그리고 장 절제술을 먼저 하고, 마지막 단계에서는 인공항문을 연결하게 될 것입니다. 배설을 그쪽으로만 하게 유도를 해 줘야 됩니다."

"인공항문이요? 그것은 임시적인 건가요? 아니면 평생 그렇게 살아야 하는 건가요?" 입에 담기도 두려운 말을 조심스레 꺼내 다시 물었다. "수술을 하고 임시적으로 종종 하는 처치인데, 정말 상태가 안 좋아서 많은 범위가 절제된다면 인공항문을 달고 살 수도 있습니다."

그 말을 듣고 아내는 결국 주저 앉았다. 하염없이 눈물을 쏟아 냈다. 나 역시 흐르는 눈물을 참을 수 없었다. 영상을 보면서 떨리던 내 손끝은 그 말을 듣고 더욱 흔들렸다.

흔들리는 손으로 아내를 일으켜 세워 교수 방을 나왔다. "여보, 인공항문은 그럴 수 있다는 하나의 가설일 뿐이야. 원이가 평생 그것을 차고 산다고 말한 것은 아니야. 진정해." 아내를 다독였다. 하지만 흐르는 아내의 눈물을 멈추게 할 수는 없었다. 나 역시 눈물 범벅이 된 채 아내의 눈물을 닦고 있었다.

교수 방 복도를 지나 병원 밖으로 나왔다. 바로 원이 병실로 올라갈 수는 없었다. 아내도 나도 아무런 말을 할 수 없었다. 그렇게 우리는 멍하니 땅만 바라봤다. 눈물은 멈추지 않았고 한숨은 그치지 않았다. "원이가 걱정하겠다. 올라갈게. 운전 조심해."

아내를 돌려보내고, 병동으로 올라왔다. 두근거리는 마음이 채 진정되지 않았다. 떨리는 손에 힘을 실어 방문 손잡이를 잡았다. 그리고 원이가 있는 병실 문을 열었다. 원이가 온열찜질기를 잘 덮고 잠들어 있었다. 또 다시 눈물이 흘렀다.

송교수는 최소한으로 장 절제를 하겠다고 했지만, 검사 영상으로 보면 그것은 우리를 위로하기 위해 한 말이었다. 지난 며칠, 족욕과 온열찜질기로 나름대로 희망을 꿈꾸고 있었는데 모두 부질없는 일이 되어 버렸다. 그 길로 달려 나가 죽고 싶었다. 나의 잘못된 판단으로 수술 범위만 넓게 만들어 버렸다. 수술 이후를 생각하면 할수록, 남은 삶에 회의가 느껴졌다. 원이에게 너무 큰 잘못을 저질렀다는 생각만이 온 머릿속에 가득했다. 도저히 비워 낼 수가 없었다.

누공아, 누공들아

깊은 숨을 내쉬며 원이가 잠을 자고 있다. 15년 전 원이가 처음 세상에 나왔을 때가 떠올랐다. 동그랗고 뽀얀 얼굴의 절반은 눈이었다. 아기를 받아 본 간호사가 이렇게 예쁜 아기는 처음 본다며 호들갑을 떨 정도였다.

물끄러미 원이를 바라보며 밤을 새웠다. 수술에 동의를 하고 나니, 더욱 잠을 잘 수가 없었다. 아침을 먹는 둥 마는 둥 하고 배독생기한의원 도원장에게 전화를 했다. 그리고 전날의 일들을 설명했다.

"그래도 수술은 안 받으시는 게 좋을 것 같습니다."

도원장은 그러면서, 당신의 환자들 중에도 누공이 생겼던 환자들이 꽤 있었다고 했다. 모두들 수술 없이 잘 회복했다고 했다.

"아버님, 범위가 넓어 많이 잘라 내게 되면, 그때는 달리 손써 볼 방법도 없습니다. 평생 장애를 갖고 힘들게 살게 되는 겁니다. 잘 생각해 보세요."

도원장의 말을 들으며 혼란스러웠다. 너무도 내가 듣고 싶었던 말들이었지만, 그렇다고 그 말을 따르기에는 겁이 나고 무서웠다. 어젯밤에도 지난날을 떠올리며 얼마나 자책하고 후회했던가.

잠에서 깨어난 원이는 또 힘들게 소변을 보았다. 양기를 보강하고 잘 관리해 주면 누공이 정말 스스로 막힐까 하는 의구심이 강하게 들었다. '원이 더 고생시키지 말고, 그냥 수술하자. 저렇게 소변 보는 것을 힘들어하는데, 내가 딴 마음 먹으면 안 되지.'라며 스스로 체념하도록 나를 설득했다. 그러면서도 찜질기를 계속 덮는 일과 족욕하는 것은 빼먹지 않았다. 몸을 따뜻하게 하면 양기가 돌아 전체적인 회복력이 좋아진다고 했기 때문에 안 할 이유가 없었다.

그렇게 며칠이 지났다. 원이의 수술 날짜가 코앞으로 다가오고 있었다. 가슴이 답답하고, 연일 심장은 빠르게 뛰어 댔다. 다시 도원장에게 전화를 했다. "혹시 원이가 수술을 받지 않아서 죽게 되면 어떡하죠? 이렇게 두면 복강의 염증으로 인한 패혈증이 올 수도 있다고 하던데요." "그럼 할 수 없죠. 그렇게 걱정되시면 수술 받으셔야죠." 도원장의 목소리는 나를 답답하게 느끼고 있는 것 같았다.

그 길로 다시 도원장에게 달려갔다. 그리고 한약을 지어 왔다. 간호사들 몰래 한약을 먹였다. '제발 누공아, 누공들아 막혀라 제발… 제발.' 애원하며 하루에 6차례씩 한약을 먹였다. 다행히 지난번과는 달리 한약을 먹고 복통을 느끼지는 않았다. 부작용은 없어 보였다. 혈액 검사와 소변 검사에서도 수치에 별다른 이상이 나타나지 않았다. 혹시나 검사에서 한약과 관련된 무엇이라도 나올까 봐 조마조마해하며 약을 먹었다.

예정된 수술 하루 전날, 수술에 대한 설명과 동의서

에 동의를 받으러 레지던트가 왔다. 그 길로 송교수에게 달려갔다. 그리고 조금만 수술을 연기해 달라고 사정했다. 이유를 묻는 송교수에게 "내가 죽을 것 같다. 너무 힘들다. 아직 마음의 준비가 안 돼 힘들다."고만 말했다. 나의 절박한 사정에 송교수는 조금 더 미루어 보겠다고 했다. 아내도 모르게 먹이고 있는 한약을 좀 더 먹여 보고 싶었다.

수술 연기 소식을 들은 아내가 병원으로 찾아왔다. 한약을 지어 와서 먹이고 있다는 이야기를 듣고 아내는 대성통곡을 했다. 로비의 많은 사람들이 이 광경을 목도하고 있었지만, 누구도 나서서 위로해 줄 수 없었다. "당신 미쳤어! 미쳤어! 제정신 아니야!" 아내가 미친 듯이 나를 원망했지만, 아내를 달랠 수 없었다. 그냥 멍하니 바닥만 쳐다보면서 그 소리를 듣고 또 들었다. '그래 나 미쳤어. 원이 엄마… 미치지 않고서야…' 하지만 아내를 위로할 수는 없었다.

그렇게 한참을 울다가 아내는 체념한 듯 아무런 말없

이 돌아갔다. 나의 고집으로 인해 자신의 아이를 잃을 수 있다는 두려움을 떨쳐 버리지 못한 채, 공포에 휩싸인 몸을 이끌고 집으로 돌아갔다. 하지만 난 동의할 수 없었다.

집으로 돌아간 아내로부터 전화가 왔다. "원이가 잘못되면 내가 같이 죽을 거야. 난 각오가 돼 있어. 그러니 날 더 흔들지 마." 이 말을 끝으로, 더 이상 원이 엄마의 전화를 받지 않았다. 그리고 그날 이후 원이 엄마를 병원에 오지 못하게 했다. 코로나가 한창 창궐하던 시기여서 병실 보호자는 1인밖에 허용되지 않던 시기였다. 난 아내가 수술에 동의할까 두려워 보호자 교대를 하지 않았다. 잠시도 원이 곁을 내줄 수 없었다.

아빠 새의 날개 아래 깃든

일주일 정도 또 연기해 보겠다고 송교수가 말했다. 내 입장을 이해해 줘서 감사하다고 연신 머리를 조아렸다. 원이를 위해서는 하루라도 빨리 수술받아야 한다는 말을 덧붙이는 것을 송교수는 잊지 않았다.

그렇게 나는 또 일주일의 시간을 벌었다. 그리고 몰래몰래 하루 여섯 차례씩 약을 데워 먹였다. 족욕도 틈나는 대로 시켰다. 오전에 한 번, 오후에 한 번, 자기 전에 한 번씩. 한 번 할 때의 시간도 점점 늘려 나갔다. 처음 15분 정도로 시작했던 족욕은 한 번에 40분까지 길게 이어졌다. 믿고 싶어서가 아니라, 정말로 내 눈에는 원이의 발이 확실히 달라 보이기 시작했다. 하얗고 핏기 없던 발에 조금씩 혈색이 돌고, 온기가 돌았다.

족욕 후에는 반드시 수면 양말을 신겼다. 족욕할 때를 빼고는, 낮이나 밤이나 양말을 신고 지내게 했다. 체온을 높이기 위한 일들을 열심히 찾아서 했고, 또한 체온이 떨어질 수 있는 일을 하지 않도록 조심하고 또 조심했다. 그리고 미친 듯이 연신 원이 발을 주물러 댔다. 발바닥에 모여 있는 모든 혈자리들이 건강해지길 기원하며 주무르고 두드렸다. 처음에는 손만 대도 아파하던 원이가 조금씩 발 마사지에 적응해 나갔다. 점점 마사지의 압력을 높여도 대수롭지 않게 편안하게 받았다.

다행스럽게도 소변에 섞여 있던 장 분비물들도 차츰 줄어들고 있었다. 매일 아침 검사를 위해 컵에 받았던 소변에서 육안으로도 장 분비물이 조금씩 줄어들고 있는 것이 확인되었다. 그렇게 누공이 닫혀 가고 방광의 상처가 아물어 가고 있었다. 배뇨통도 조금씩 줄어들고 있어서, 소변줄을 빼고 정상적으로 배뇨도 할 수 있게 되었다.

"원이야, 아빠가 할 말이 있어." 원이가 큰 눈으로 나

를 응시했다. "지금 먹고 있는 한약을 잘 먹고 몸도 지금처럼 따뜻하게 하면, 수술 없이도 크론병이 나을 수 있대." "정말? 누가 그래? 그럼 나 수술 안 해도 돼?" 원이가 흥분을 감추지 못하고 물었다. "그래. 안 해도 돼. 지금 원이가 마시고 있는 한약을 지어 주신 한의원 원장님께서 꼭 나을 수 있다고 하셨어. 우리 지금처럼 한약을 먹고 족욕하면서 회복해 보자. 수술하지 말자. 꼭 그렇게 해서 나을 수 있도록 아빠가 최선을 다할게."

원이에게 이런 말을 하는 것이 시기상조였지만, 원이라도 먼저 내편으로 만들어야 했다. 그리고 원이에게 엄마를 설득해 보라고도 시켰다. 나 역시도 계속해서 아내를 설득해 나갔다. 아내는 내게 보호자 교체를 요구했지만 나는 계속 응하지 않았다. 아니 아내가 수술에 동의할까 봐 원이 곁을 떠날 수가 없었다. 원이를 인질로 잡고, 계속 아내에게 나의 의견에 따라 줄 것만을 거듭거듭 요구했다.

다른 한편으로는 송교수에게 수술 연기를 재차 요청

했다. 막무가내로 고집을 부리고 있는 나를 송교수는 포기한 듯 보였다. 원이를 안쓰럽게 내려다보고 있는 표정이 딱 그랬다. 그렇게 나는 이리저리 눈치 보며 죄인인 양 조심스럽게 병원 생활을 이어 나갔다.

다행히도 원이의 상태는 빠르게 호전되어 가고 있었다. 배뇨통도 사라지고 소변도 깨끗해져 갔다. 그럴수록 더 열심히 한약을 먹이고 족욕을 해 나갔다. 찜질기는 잠시도 떼지 않았다. 혹여 잠자는 사이 몸에서 떨어지면 바로 다시 배를 덮어 주는 것이, 병실에서 밤에 내가 해야하는 유일한 임무였다.

그렇게 수시로 간호사와 의사가 드나드는 공간에서, 우리는 도원장과의 밀행을 날마다 떠나고 있었다. 매일 맞고 있는 영양주사와 매일 6개씩 먹는 한약의 양 때문인지, 그사이 원이의 몸무게도 10g, 10g씩 조금씩 늘어갔다. 기적적으로 원이는 자신의 몸을 빠르게 회복시켜 나가고 있었다.

희망

"검사상 소변에 분비물이 확인되지 않는 것으로 보입니다. 결과가 깨끗합니다."라는 송교수의 말을 듣고 뛸 듯이 기뻤다. 한 달 넘게 고통을 주던 배뇨통이 사라진 것이다. 이는 장과 연결되었던 방광이 막혔음을 의미하고, 장 누공도 막혀 가고 있다는 생각이 들었다.

흥분을 감추지 못하고 기뻐하는 내게 송교수는 말을 이어 갔다. "다행입니다, 아버님. 현재 원이 양이 맞고 있는 영양 주사도 효과가 좋습니다. 혈액 검사상 영양 결손의 고비를 넘긴 것 같습니다. 그래서 드리는 말씀인데요. 저는 소아영양학과 소아외과를 겸해서 담당하고 있습니다. 원이 양이 고비를 넘겼고, 아버님께서는 외과적 치료보다 내과적 치료를 희망하시니, 이제부터는 소아내과로 전과를 하셔야 될 것 같습니다. 제가 원이 양을 진료하는 것은 여기까지입니다. 크론병을 잘 보시는 내과 선생님을 다시 소개해 드리겠습니다."

가슴이 덜컥 내려앉았다. 그동안 아침저녁으로 회진하면서 원이를 걱정해 주고 희망을 불어넣어 주셨던 송교수와 이별을 해야 한다는 것이 믿겨지지 않았다. "원이 양, 지금까지 너무 잘 견뎌 주었어요. 대단해요. 아마 곧 원이 양은 센토사에 갈 수 있게 될 거예요. 그때까지 좀 더 힘내요." 송교수는 우리의 아지트를 떠났다.

"원이야, 서운하기는 하지만 좋은 일이야. 수술을 하지 않게 된 일이니까. 너무 속상해하지 마." 좋아했던 담임선생님과 새학년을 위해 이별하듯, 원이는 그렇게 먹먹한 가슴을 추슬렀다. 얼마 지나지 않아 소아내과 신철희 교수가 병실로 왔다.

"안녕 원이. 안녕하세요 아버님." 비교적 젊어 보이는 신교수는 원이에게 밝게 웃으면서 인사를 건넸다. "이제부터 원이를 돌봐 줄 선생님이야, 반가워." 원이에게 간단한 질문들을 마치고, 신교수는 나를 보며 말을 이어 갔다.

"차트는 잘 보았습니다. 다행히 많이 좋아지고 있네요. 그래서 이제부터 조금씩 입으로 먹는 것을 시도해 보려고 합니다. 그동안 장 상태가 많이 좋지 않았고, 수술도 고려해서 오랫동안 장을 비워 두었습니다만, 이제 약물로 치료를 하기로 했으니 원이가 일반적인 생활을 할 수 있게 준비를 해 줘야 할 것 같습니다. 계속 이렇게 링거에만 의지해서 지내게 할 수는 없습니다. 지금처럼 영양 주사를 맞으면서 추가로 경구용 식사 대용제를 먹여 보도록 하겠습니다." "네, 알겠습니다. 그렇게 해 주세요. 감사합니다."

저녁에 식사로 경구용 영양 음료가 나왔다. 초콜릿향을 띤 영양 음료였다. 서대문 종합병원에서 먹었던 가루 형태의 특수분유는 아니었다. 찬 것을 절대 먹이면 안되었기에 한약을 데우듯 영양 음료를 중탕했다. 입으로는 오직 쓴 한약만 마셔 오던 원이가 정말 오랜만에 달콤한 음료를 마시게 되었다. 영양 음료의 달달함은 원이를 행복에 빠지게 했다. 매 식사시간에 1개 나오는 영양 음료를 원이는 기다리기까지 했다. 링거 줄을 빼지 않고 구강으로 영양 음료를 마시게 한 것은 혹시 모를 위험에 대비하기 위해서였다.

별다른 이상 없이 며칠 잘 마셨다. 신교수는 영양 음료의 양을 늘렸다. 매 끼니마다 2개씩 마시게 했다. 그러면서 맞고 있던 영양 주사제를 조금씩 줄여 나갔다. 1주일 정도 지나자 하루에 10개씩 마시도록 처방을 했다. 영양 음료는 3개가 한 끼 식사량이라고 했다. 하루에 10개의 영양 음료와 6개의 한약을 중탕하느라 분주했다. 뜨거운 물이 나오는 휴게실을 뻔질나게 왔다갔다해야 했다. 그러면서 영양 주사의 양은 더욱 줄어들어 갔다.

영양 음료를 열 개까지 잘 마시게 되자, 다음으로 미음을 먹게 했다. 미음을 먹고도 특별히 장의 불편은 없었다. 미음까지 잘 먹는 것을 확인한 후에 중심 정맥에 연결되었던 링거 줄을 뽑았다. 지난 반 년 가까이 원이에게 현대 의학이 선물해 준 고마운 탯줄이었다. 드디어 또 다른 탯줄을 스스로 끊어 내고 세상으로 나갈 준비를 하게 되었다. 그동안 내 속에 응어리져 있던 상실감도 같이 끊어내 버렸다. 후련했다. 그리고 나서 일반 밥으로 식사를 했다. 똑같았다. 역시 원이의 장은 불편을 호소하지 않았다. 변도 정상적으로 잘 나왔다.

다시 밥을 먹기까지 꼬박 반 년이 걸렸다. 밥을 먹는 일은 너무도 당연한 일상이라서 한 번도 그게 중요하다는 생각을 하지 않고 살아왔었다. 하지만 원이에게는 한동안 당연하지 않은 일이었다. 밥을 먹는 일은 원이에게는 너무나 소중한 일이었다.

집으로 가는 길

　일반적인 환자식을 먹으면서도 하루 5개 정도의 초콜릿 영양 음료를 추가로 마셨다. 식사만으로 부족할 수 있는 영양을 대비해 틈틈이 마셔 주었다. 물론 한약도 계속해서 6개씩 마셨다. 그러는 사이 원이의 몸무게는 계속 늘어 갔다. 어느덧 32kg을 넘겼고, 또 100g씩 야곰야곰 늘어 가면서 35kg에 이르게 되었다.

　아침에 일어나서 키와 몸무게를 재는 시간이 매일 기다려졌다. 한동안 바닥을 모르고 줄어만 가던 몸무게였다. 줄어드는 몸무게만큼 상실감이 컸던 원이는 몸무게 재는 것을 싫어했다. 하지만 이제 더 이상 저울에 올라가는 것을 주저하지 않았다. 1밀리의 키라도 더 키우려

고 몸을 곧추세우고 기계 위에 올라섰다. 머리를 쳐들고 막대기가 내려올 때까지 자세를 흐트러뜨리지 않았다. 155cm! 조금씩 키도 자라고 있었다.

하루 빨리 집으로 돌아가고 싶던 원이는 병실 문턱을 넘어설 준비를 차례차례 하고 있었다. 혈액 검사상의 수치도 정상이었다. 늘 정상치를 초과해서 원이에게 좌절감을 안겼던 CRP와 ESR의 수치도 원이가 희망해 오던 범위에 있어 주었다. 이제는 벗어나지 않았다. 모든 것이 착착 맞아 들고 있었다.

그에 맞춰 신교수도 원이의 퇴원을 준비했다. 그동안 항생제로만 치료해 오던 약물 치료를 레미케이드 주사제로 바꿔서 처방을 했다. 그 주사제는 8주에 한 번씩 맞으면 된다고 했다. 그 주사를 끝으로 원이의 여린 손등에 매달려 있던 링거 줄까지 모두 뽑아 냈다.

"일요일에 그냥 집에서 멍 때리고 있던 때가 너무 그립네. 언제 집에 갈 수 있을까." 원이가 입원해 있던 어느 일요일 오후, 아내가 텅 빈 로비에서 창밖을 보며 내뱉었던 말이다.

병원 생활이 길어지면서 주말마다 병원에 있어야 했던 아내는 대수롭지 않은 평범한 일요일이 다시 오기를 간절히 기다리고 있었다. 그런 일상이 가장 그리운 날들이었다. 2년 넘게 통원과 입원을 반복하며 지칠 대로 지친 우리 부부에게 집에서 원이와 짜파게티를 먹고 그냥 멍 때릴 수 있는 일요일이란, 몇 년의 장기 계획을 세워야만 떠날 수 있는 스페인 여행처럼 멀게만 느껴졌다.

그랬던 우리가 드디어 바로셀로나 행 비행기를 탈 수 있게 되었다. "그동안 고생했어, 원이야. 집에 가서도 몸 관리 잘하고 밥 잘 먹기다. 그리고 영양 음료도 빼먹지 말고, 알았지?" 토요일인데도 일부러 출근한 신교수가 퇴원장에 사인을 하며 원이에게 말을 건넸다. "아버님도 고생 많으셨습니다. 원이가 건강하게 퇴원하게 되어 정말 다행입니다. 축하드립니다. 8주 뒤에 다시 주사 맞으러 오시면 됩니다. 그때 다시 혈액 검사도 해 보겠습니다." 지난 몇 개월 동안 가족같이 원이를 아껴 주었던 병동 간호사들의 작별인사를 받으며, 원이는 차에 올랐다.

"집에 가자 원이야~. 아빠가 꼭 건강하게 집에 돌아갈 수 있을 거라고 했지~. 약속 지켰지~." 기쁨에 넘쳐 어린아이 같은 말투로 말을 던졌다. "어, 고마워 아빠." "그래 이제 집에 가서 잘 먹고, 몸 관리 잘하면 되는 거야. 병원에서 했던 것처럼. 정말 고생했어. 우리 원이, 자랑스럽다. 대단해." 자동차로 20여 분밖에 안 걸리는 집을 이렇게 오랜 시간 돌아서 가려니, 만감이 교차했다.

집으로 가기 전에 마음을 바꿔서 곧장 배독생기한의원으로 향했다. 기다리고 있을 아내와 어머니가 마음에 걸렸지만, 빨리 도원장에게 원이의 상태를 보여 주고 싶은 마음 또한 간절했다. 동대문 종합병원에서 항생제와 영양 주사 치료로 원이의 생명을 구할 수 있었지만, 도원장의 조언이 아니었으면 나는 버티지 못하고 수술을 받아들였을 것이었다.

"고생했다. 아주 잘 버텼어. 원이야."

진맥을 마친 후 도원장이 말을 이어 나갔다. "까딱했

으면 장 다 잘라 낼 뻔했어. 알지? 네가 잘 이겨 낸 거야."

그 말을 듣고 또 눈물이 흘렀다. 다만 이전과는 다른 의미였다. 그동안의 눈물은 좌절과 절망이었고, 지금은 안도와 희망의 눈물이었다. 붉어진 내 눈을 바라보면서 도원장이 말했다.

"아버님, 진맥 상으로도 괜찮습니다. 양기 허약도 많이 좋아졌네요. 지금처럼 잘 관리하면 될 것 같습니다. 무엇보다도 체중이 잘 늘고 있는 것이 가장 좋은 신호입니다. 장이 회복되면 몸무게가 늘게 되어 있습니다. 으음⋯ 입원 중에 최저 28kg 그리고 지금 36kg⋯ 8kg 정도 늘었네요."

그리고 원이를 바라보며 말을 이어 갔다. "키가 155cm네. 원이야, 밥 잘 먹고 약 잘 먹고 운동 열심히 해. 그래서 50kg까지 살을 찌워. 그럼 더 이상 장이 불편할 일은 없을 거야. 그렇게만 하면 키도 쑥 자랄 거야. 160cm는 넘어야지. 요즘 친구들은 다 크잖아. 너도 할 수 있어."

듣고 있던 원이가 씨익 웃었다.

"정말이야. 너 키 안 클까 봐 웃는 거야? 매 끼니 따끈한 국에 밥 말아서 땀 흘리면서 꼭 먹어. 그럼 살찌고 키 크게 돼 있어. 키 크는 것은 선생님이 장담할게. 대신 몸무게부터 꼭 50kg 만들어. 약속이다. 그리고 반드시 주의할 것은 예전처럼 찬기에 자주 노출하거나, 찬 음식 먹으면 안 돼. 그렇지 않으면 언제라도 다시 장이 나빠질 수도 있다는 점을 꼭 명심해."

원이는 다시 한번 나와 함께 웃었다. 찬기에 몸을 노출하지 않도록 조심하고, 반신욕을 매일 아침저녁으로 하고, 집에 있을 때는 배에 온열 찜질기를, 혹시라도 외출할 때는 배에 핫팩을 꼭 붙이라는 당부를 재차 듣고 병원을 나올 수 있었다. 꿈만 같았다. 수술하지 않고 장을 회복시켰다는 것이 믿겨지지 않았다.

Part 2

나는 내 삶을
구경하기로 했다

짧게 쓰는 가족사

집으로 향하면서 원이는 싱글벙글 신이 났다. 잘 먹으면 키도 클 수 있다는 도원장의 이야기에 흥분이 된 것 같았다.

"아빠, 나 160cm만 되면 좋겠어!" "아니 안 돼! 163cm까지 만들어야 돼. 몸무게도 55kg을 목표로 하자." "안 돼! 그건 너무 뚱뚱해."

차 안에서 나누는 대화가 꿈속의 대사처럼 느껴졌다. 얼마 전까지 극심한 영양 결손으로 힘들어하던 환자의 모습은 어디에서도 찾아볼 수 없었다. 달리는 차창 밖을 보고 있던 원이가 갑자기 "내 방에 있는 침대는 잘 있겠지?" 하고 물었다. "그럼. 침대가 주인님 오기만을 엄청 기다리고 있을걸." 그동안 내색은 하지 않았지만 딱딱하고 사람 냄새가 나지 않는, 강한 소독약 냄새를 풍기던 병원 침대가 끔찍히 싫었던 모양이었다.

집으로 가는 내내, 아내는 어디쯤 오냐며 전화를 계속해 댔다. 잠시 후 차가 언덕 위에 올라서자 아내가 우리 쪽으로 눈물을 글썽거리며 달려왔다. 그리고 차가 채 멈추기도 전에 문을 열었다. "원이야! 원~이~야~." 아내는 원이 얼굴을 어루만지며 펑펑 울었다. "어디 봐, 우리 딸…." 목이 메어 아내는 더 말을 잇지 못했다. "고맙다, 원이야… 고마워. 잘 버텨 줘서. 사랑해 딸…." 아내는 원이를 안듯이 감싸면서 집 안으로 들어갔다.

우리의 인기척에 원이 할머니가 현관에서 정신없이 달려 나왔다. "할머니~." "우리 원이 왔구나!" 집으로 들어서는 원이를 할머니는 와락 껴안았다. 할머니 눈에 고였던 눈물이 다 마를 때까지 둘은 한참이나 껴안고 있었다. 그동안 간간히 통화를 했지만, 원이와 할머니가 다시 만나기까지는 몇 달이 걸렸다.

할머니의 손을 잡고 여기저기 방을 둘러보던 원이가 "할머니, 방 위쪽에 붙어 있던 종이가 없어졌네요?" 하고 물었다. 항상 방문 위쪽에 붙어 있던 노란 바탕에 빨간 글씨의 종이가 사라졌음을 알아챈 것이다. "어, 그래 원이야, 이제 그런 것 필요 없어. 원이가 다 나았잖아." 부적이 정말 없어졌다. 현관문 위에 있던 것도 사라졌다. "원이야, 할머니가 원이 좋아하는 소고기 뭇국하고 잡채 해 놨어. 아빠가 소고기 뭇국은 먹어도 된다고 했어. 괜찮지? 얼른 먹자." 할머니는 화제를 돌리며 주방으로 향했다.

"아들도 고생 많았어." 엄마가 나를 바라보았다. 지난번 말다툼 이후 처음으로 엄마가 내게 건넨 말이었다. 나는 아무런 대답을 하지 않고 식탁으로 갔다. "할머니 음식이 최고예요! 정말 맛있어요!" 국에 밥을 말은 원이가 후루룩 소리를 내면서 밥을 들이켰다. "원이야, 이것도 먹어 봐." 아내가 잘 구어진 고등어의 살점을 떼어 원이 숟가락에 올려 주었다. 집이었다. 지난 병원 생활 동안 원이가 무척이나 그리워하던 공간이었다. 원이가 그토록

맡고 싶었던 냄새들이었다.

그사이 엄마도 많이 야위어 있었다. 그 사건 이후에, 나는 병원에서 이따금씩 엄마로부터 걸려 오는 전화를 받지 않았다. 그렇게 몇 차례 전화를 받지 않자, 엄마는 카톡을 남겼다. '아들, 몸 상하지 않게 밥 잘 챙겨 먹어. 힘내.' 하지만 난 아무런 회신을 남기지 않았다.

원이가 입원 중이던 어느 날, 집에 들른 적이 있었다. 이것저것 물건을 챙겨서 나오려는 찰나, 엄마가 무엇인가를 건넸다. 노란 봉투였다. 부적이었다. 화가 치밀어 올랐다. 엄마 때문에 원이가 병에 걸렸다고 소리를 질렀다. 다 그 망할 놈의 부적 때문에 생긴 것이라고, 건네 받은 부적을 찢어 버렸다.

원이를 간병하면서 나는 엄마에게 화가 치밀었다. 이 모든 결과가 엄마의 걱정 때문이라고 생각했다. 늘 지나치게 걱

정하고 염려하며 기도하니, 정말 재수없는 일이 우리에게 또 벌어진 것이라고 나는 믿었다.

다시는 우리를 위해 기도하지 말라고, 엄마한테 독설을 퍼부었다. 모든 게 엄마 탓이라고 원망하면서 엄마의 불경 책을 내다 버렸다. 내 눈에는 엄마의 모든 기도 책들이 이 모든 재수없는 일들을 초래한 원인들로 보였다. 그렇게 폭풍우처럼 한바탕 독설을 쏟아붓고 집을 나왔다. 그리고 나는 엄마와 대화를 단절했다.

원이 할머니… 나의 엄마…. 엄마는 6남매의 맏이로 태어났다. 스무살에 결혼해 나를 낳고 두 명의 딸을 더 낳았다. 내가 초등학교 6학년이던 해, 엄마는 34살에 당신의 아버지를 병으로 잃었다. 갑작스레 간암 말기 판정을 받고 외할아버지는 몇 달 만에 돌아가셨다. 엄마와 외할머니는 이렇다 할 치료조차 시도해 보지도 못하고 이별을 맞았다.

가족들이 슬픔을 겨우 진정할 즈음, 외할아버지가 돌아가신 지 채 2년이 되지 않아서 외할머니가 또다시

폐암 진단을 받았다. 맏이였던 엄마는 외할머니를 살리려는 간절함으로 이 병원 저 병원을 수소문하며 갖은 애를 썼다. 당신 아버지가 갑작스레 황망하게 떠난 길을 어머니가 똑같이 가게 할 수는 없었다. 그러나 외할머니 역시 말기암이었고, 그 당시 병원에서는 외할아버지에게 했던 것처럼 외할머니에게도 특별한 진료를 해 줄 수 있는 게 없었다.

그때부터였다. 엄마는 용하다는 점쟁이를 찾아 다녔다. 그리고 굿을 했다. 놓치고 싶지 않은 생명의 끈을 꼭 붙잡고, 대신 부적을 끊임없이 하늘로 태워 보냈다. 하지만 거기까지였다. 결국 외할머니는 한줌의 재가 되어 날아갔다. 남겨진 육 남매 중의 막냇동생은 겨우 고등학교 1학년이었다.

그때부터 엄마는 동생들과 우리 삼 남매를 함께 돌봐야 했다. 다시는 가족을 허무하게 잃고 싶지 않았던 엄마는 매월 초하루면 시루떡을 해서, 장독대에서 고사를 지냈다. 그리고 이 방 저 방 부적을 붙이고, 우리들의 책

가방에도 부적을 넣어 두었다. 다시는 당신의 가족에게 잡귀가 붙지 않게 해 달라고, 매일 아침 맑은 물을 부뚜막에 떠 놓고 빌고 또 빌었다. 엄마의 간절한 기도 덕분으로 모두들 무사하게 잘 자랐다.

그러나 15년이 지난 후에 다시 암으로 남편을 잃었다. 엄마는 아버지를 서울에 있는 대학병원에 모시고 가서 수술도 시키고, 극진히 병간호도 했다. 하지만 역시 엄마가 할 수 있었던 것은 그만큼뿐이었다. 아버지는 결국 발병 후 2년 만에 먼 길로 떠나 버렸다. 엄마 나이 딱 오십이었다.

엄마는 슬퍼하고 있을 수만은 없었다. 당신의 자식들과 동생들을 더 강하게 지켜 내야 한다고 생각했다. 그리고 더 열심히 기도했다. 더 자주 고사를 지냈다. 더 많이 굿을 했다. 그동안 자신의 기도가 부족했다고 자책하면서 열심히, 열심히 했다. 하지만 엄마의 기도는 아무런 소용이 없었다. 원이마저 병에 걸렸으니 말이다.

조련사가 되어

원이의 크론병이 찬 음식과 기름지고 자극적인 음식을 먹는 식습관, 찬 기운에 자주 노출되면서 이어진 양기 허약으로 발병된 것을 알게 되었기에, 퇴원 후 집에 돌아와서는 철저하게 관리했다. 도원장이 알려 준 방법을 기본으로 하고, 몇 개를 추가하면서 열심히 생활했다.

해야 될 목록을 만들어 거실, 원이 방, 내 방, 화장실에 코팅을 해서 붙여 놓았다. 절대 깜박하지 않게 여기저기 붙여 놓았다.

- 식사는 반드시 따뜻한 국과 함께, 추천해 준 반찬들하고만 먹는다. 차가운 음식과 차가운 음료, 유제품

은 섭취하지 않는다.

- 한약을 매일 4~6번 따뜻하게 마신다.
- 식사 중간중간에 영양 드링크를 3개 이상 미지근하게 데워 먹는다.
- 온종일 배에 온열 찜질기를 덮고 있는다.
- 외출할 때는 반드시 배에 하루온 핫팩을 붙인다.
- 매일 반신욕을 한다.
- 실내 걷기나 실내 사이클 운동을 30분 이상 한다.

다시는 평범한 일요일을 놓치고 싶지 않았다. 내가 좀 더 정신을 바짝 차리고 관리해 주면 될 일이라고 생각했다. 매일 아침 눈을 뜨자마자 화장실로 향했다. 두 손으로 물을 받았다. 두 손을 꼭 그러쥐어도 물은 조금씩 새어 나갔다. 흐르는 물이 원이처럼 느껴졌다.

조심, 또 조심하자는 다짐을 한 후에 원이 방으로 쏜살같이 건너갔다. 이마에 손을 얹고 열을 체크했다. 장 염증으로 인한 열이 나는지가 걱정되었다. 정상임을 확인한 후에는 안도의 한숨을 내쉬었다. 온열 찜질기를 원이의 배 주변에 다시 덮어 주었다.

"아침이야?" 부스럭거리는 소리에 잠을 깬 원이가 물었다. 하루의 시작을 알리는 소리였다. 원이가 깨면 바로 따뜻한 한약을 먹였다. 따뜻함이 목구멍을 지나 배꼽까지 식지 않고 잘 도달하길 기도했다. 한약을 먹인 후, 거실에 있는 건조식 반신욕기에 20여 분 앉아 있게 했다. 집의 욕실은 다소 추운 감이 있어서 반신욕 대신 건조식 반신욕을 시켰다. 밤 사이에 혹시나 떨어졌을지 모를 체온을 올려 주기 위한 방법이었다. 그리고 나서 뜨거운 국에 밥을 말아 먹였다.

원이의 아침 루틴은 첫째도, 둘째도, 셋째도 모두 따뜻함에 맞춰져 있었다. 원이의 건강에 대한 두려움이 컸던 나는 한의원 원장님의 생활 지침에서 아주 작은 탈선도 허용할 수 없었다. 그리고 절대 찬 공기를 쐬지 않도록 주의를 시켰다. 식단은 껍질을 벗긴 닭고기와 기름기를 제거한 소고기, 갈치와 고등어 그리고 계란, 감자, 고구

마 위주로 먹었다. 중간중간 따뜻한 눌은밥을 간식처럼 마시게 하고, 거실에서도 항상 온열 찜질기를 배에서 떼지 않게 했다. 저녁에 잠자리에 들기 전에 다시 한 번 건조 사우나에 앉게 했다. 이마에 작은 땀방울이 솟을 즈음 침대로 이동시켜 이불을 덮고 자게 했다.

그렇게 아침부터 저녁까지 매뉴얼대로 원이를 조련했다. 하루 이틀 사흘, 일주일 이 주일… 한 달 두 달… 그렇게 두 달이 지났다. 다시 레미케이드 주사를 맞으러 병원에 갔다. 병원에서 혈액 검사를 했다. 두 달여 만에 혈액 검사를 받은 원이는 결과를 기다리면서 긴장했다. 별다른 증상 없이 잘 지냈지만, 막상 검사가 어떻게 나올지 걱정이 되었다. 다행히도 정상수치였다. 그렇게 조심조심하며 열 달을 더 보냈다. 그사이 병원에 다시 입원을 해야 할 정도의 통증은 생기지 않았다.

두 달에 한 번씩 검사한 혈액 검사에서도 CRP와 ESR의 수치는 계속 정상을 유지했다. 키와 몸무게도 조금씩 늘려 나갔다. 그리고 마침내 키 158.5cm에 50kg까지 도달했다. 한의원 도원장님은 한시름 놓아도 되겠다고 말했다. 살이 계속 찐다는 것은 '장이 정상적으로 잘 활동하고 있는 것'이라는 말도 덧붙여 주었다. 기적 같은 일이었다.

원이는 제법 얼굴이 통통해졌다. 한동안 보지 않았던 손거울을 꺼내 이리 보고 저리 보며 자기의 얼굴을 품평해 댔다. 점을 빼 달라, 치아를 교정해 달라는 등 부쩍 외모에 신경을 써 댔다. 내 눈에는 하나도 손댈 것이 없어 보여서, 원이 본인만 그 사실을 모르고 있다며 나무라기 바빴다. 그러면서도 나는 그 통통한 볼살 너머로 뼈만 앙상했던 얼굴이 힐끗힐끗 겹쳐 보였다.

그래서 집 안에서 원이를 쳐다볼 때마다 무엇인가를 끊임없이 확인하고 요구했다. 한약을 먹었는지, 반신욕을 했는지 물었고, 배에 온열 찜질기를 덮고 있어라, 운동해라, 저것도 해라 등등 쉬지 않고 몰아부쳤다. 다른 집과는 다르게 공부하란 잔소리는 전혀 하지 않았다. 원이의 성적은 전혀 나의 관심사가 아니었다. 무사히 집으로 돌아온 딸이었기에, 건강에 관한 것들만이 나의 유일한 관심사였다.

하지만 시간이 지날수록 나의 지독한 잔소리를 원이는 조금씩 버거워했다. 그래도 아빠를 실망시키지 않으려고 묵묵히 따라와 주었다. 가끔씩 건조식 반신욕을 빼먹거나, 눌은밥 마시기를 건너뛰는 날도 있었다. 그런 날에는 어김없이 나에게 폭풍 같은 잔소리를 들어야 했다.

잘 이겨 내고 있던 원이에게 완전한 도움을 주기 위해 한 일들이었지만, 어쩌면 그것은 나를 위한 일이기도 했다. 눈으로 구분할 수 없을 정도의 작은 틈이 손바닥 안의 물을 모두 새어 나가게 하듯이, 일상에서 조금씩 빼먹은 루틴이 언제든 다시 원이를 괴롭힐 수 있다는 공포가 내 속에서 사라지지 않고 있었다. 그래서 더욱 집착할 수밖에 없었다.

그렇게 계속 나 자신도 채찍질했다. '모르고 한번 당했으면, 그걸로 충분하다. 다시는 같은 일이 생기지 않게 할 것이다. 내가 잘 관리하면 된다.' 되뇌이고 또 다짐했다.

강박증에 갇히다

"여보, 원이가 친구들 만나고 싶대. 잠깐 나갔다 오라고 할까?"

그동안 간간히 병원에 다녀오는 외출만 하고 있던 딸이 안쓰러웠는지 아내가 의견을 물었다. 어처구니가 없어 아내를 쏘아봤다. "그러다 감기라도 걸리면 어쩌려고. 찬기에 노출되면 안 된다고 원장님이 말했잖아. 아직 안 돼! 당신은 생각이 있어없어? 애가 말을 꺼내도 잘 달래야지 그걸… 쯧쯧. 엄마가 돼 가지고." 연거푸 비난을 퍼부었다. "제발 정신 줄 놓지 말자. 한의원 원장님이 오케이할 때까지는 절대 찬바람 쏘이면 안 돼. 알았지!" 끊이지 않는 잔소리에 아내가 원이 방으로 몸을 피했다. '저렇게 생각이 없을까!' 사라진 아내의 뒤에 대고 연신 투덜댔다.

병간호를 책임진다는 구실로 그렇게 원이에 이어 아내에게까지 사사건건 잔소리를 해 댔다. 아내에게 한바탕 잔소리를 하고 나니 기분이 영 별로였다. 그렇게까지 뭐라 할 일은 아니었다. 원이의 친구들을 집으로 초대하면 될 일이었다. 그렇게 사소한 일들로 아내에게 짜증을 내는 횟수가 점점 늘어 가고 있었다.

연애시절, 아내는 결혼의 전제조건으로 2가지를 말했다. 아기를 안 낳겠다. 회사를 그만 다니겠다였는데, 결혼 1년 후 아내는 원이를 낳았고, 또 2년 후에 아들을 낳았다. 회사도 두 번의 출산휴가를 제외하고는 여전히 다니고 있다. 아직도 아내는 아침 7시 50분이면 사무실에 출근한다.

원이가 태어나고 백일 정도가 지나서, 우리 부부는 지방에서 혼자 살고 있던 원이 할머니에게 원이를 맡겼다. 그리고 매주 금요일 밤마다 원이를 보기 위해 서울역으로 갔다. 아내는 주중에 원이를 몹시 보고 싶어했다. 결국 몇 개월 후 우리는 합가를 했다. 원이가 너무 보고 싶었던 아내는 시어머니와의 합가를 선택했다. 그렇게 원이를 사랑했던 아내였다.

작은 체구를 가진 아내는 체력이 그다지 좋지 않았다. 조금만 피곤하면 눈가에 수포가 올라오고, 입 주변에 물집이 잡혔다. 그럼에도 좀 더 나은 환경에서 자식을 키우겠다는 일념으로 회사 생활을 이어 나갔다. 하루 종일 고된 업무로 녹초가 된 몸을 이끌고 집에 와서는, 시어머니가 차려 주는 저녁을 먹었다. 눈치가 보였을 것이다.

아내에게 미안했다. 내가 경제적으로 더 여유가 있었더라면 집에서 아이들만 잘 돌봤을 것이다. 그런 아내의 고생이 보람도 없이 원이가 병이 난 것이었다. 아내는 원이를 세상에 나오게 한 어미였다. 그 모정을 내가 상상이나 할 수 있을까. 아내는 그동안 속이 새카맣게 타들어 갔을 것이다. 아무도 가 본 적이 없는 길을 원이의 목숨을 걸고 달려갔던 나를, 딸아이의 목숨만은 살리고 싶은 엄마의 절박함으로 제어하고 싶은 적이 한두 번이 아니었을 것이다.

"여보, 나 원이가 장 절제수술을 받더라도 살아 있기만 한다면 그걸로 만족해! 죽지만 않으면 돼! 장이 없어도 살 수 있다잖아. 수술하지 않고 있다가 죽으면 어떡해. 여보, 제발 선생님 말 듣자. 수술하자."

문득 아내의 얼굴에서 병원 로비에서 정신 나간 사람처럼 이성을 잃고 고래고래 소리치던 모습이 떠올랐다. 원이가 집으로 돌아온 뒤로, 아내는 예전에 종종 내게 하던 잔소리들을 일절 하지 않았다. 또 내가 원이와 자신에게 폭풍 같은 잔소리를 퍼부어도 묵묵히 들어 주었다. 아마도 내가 무사히 잘 살려서 데리고 온 것에 대한 나름의 감사 표시 같았다.

어느 날, 원이 할머니가 외출했다가 돌아오면서 예전에 원이가 좋아했던 순대를 사 왔다.

"원이야, 이거 먹어 봐. 할머니가 순대 사 왔어."

"뭐라고요? 순대?"

나는 순간 정신이 어떻게 되는 줄 알았다.

"엄마! 원이 돼지고기 주면 안 된다고 했잖아요. 찬 음식과 우유, 돼지고기 안 된다고요. 왜 그래요 정말!"

순대를 집어 던져 버리고 싶을 정도로 분노가 폭발해서 엄마에게 퍼부었다. "아니, 돼지고기는 지름이 많아서 안 되는 줄 알고 있었지. 그런데 순대는 지름도 없고." 엄마가 말끝을 흐렸다. "엄마! 제발 된다고 하는 것만 줘요. 옛날에 좋아했던 음식에 연연해하지 마시고." 원이의 지난날의 식성이 그리웠던 엄마는 추억을 잘못 소환한 대가로 나에게 연신 타박을 받았다.

그렇게 하나부터 열까지 원이의 일거수일투족을 관찰하고, 또 주변의 가족들에게도 폭풍 잔소리를 더해 가고 있었다. 원이뿐 아니라 다른 가족들에게도, 어떤 불행한 병도 생기면 안 된다는 강박관념이 무럭무럭 자라고 있었다. 누나로 인해 좋아하던 삼겹살과 치킨을 강제로 끊게 된 아들이, 하루는 조심스레 눈치를 보며 치킨을 사 달라고 했다. 바로 윽박질렀다.

"그런 음식 먹으면 안 된다고 했잖아! 아휴, 정신 좀 차리자 아들아!" "누나 보고도 그런 음식이 먹고 싶냐? 정말?" 말을 더하고 더했다. 혼나더라도 치킨을 얻어먹었으면 좋으련만, 아들은 아무런 소득도 없이 욕만 배부르게 먹었다.

그렇게 나는 원이와 아들, 원이 엄마, 나의 엄마에게 계속 잔소리를 해 댔다. 나 외에는 아무도 원이의 일상에 간섭하지 못하게, 금줄을 두 겹 세 겹 둘러대면서 말이다.

수능 시험

퇴원 후 고등학교 2학년이던 원이는 병원에서처럼 온라인으로 학업을 이어 갔다. 사실 원이에게는 집도 병실과 별반 차이가 없었다. 다만 팔뚝에 링거 줄이 있고 없을 뿐이었다. 간호사보다 더 자신을 관찰하고 있는 아빠가 있어, 병원을 방불케 했다.

퇴원은 했지만, 학교에 가서 수업을 듣기에는 체력적으로 무리였다. 찬 기운에 노출되는 것도 걱정이 되었다. 한여름 빼고는 외출을 가급적 하지 않는 게 원이에게 좋을 것 같았다. 하지만 열여덟 살의 원이는 학교에 가고 싶어했다. 친구들을 너무도 보고 싶어했고, 2년 여 시간 동안 해 보지 못한 교실 생활을 강하게 그리워했다. 그리움에 빠져 있던 원이가 드디어 중간고사를 보기 위해 그 무렵 처음으로 학교에 갔다.

그러나 학교에서 돌아온 원이의 반응은 의외였다. "아빠, 나 집에서 인강 듣는 게 좋아." 시험 잘 봤냐고 묻는 말에 원이가 한 대답이었다. 아마도 그동안의 공백으로 친구들과의 관계는 서먹해졌고, 교실의 전반적인 분위기는 기대했던 것과 달라서 적잖이 놀란 듯했다. 더 이상 묻지 않았다.

그렇게 원이는 고등학교를 졸업할 때까지 시험이 있는 날에만 학교에 갔다. 학교에 가지 않는 날에는 대체 인강 수업과 수능 인강을 들으며 홈스쿨링을 해 나갔다. 수능이 점차 다가오자 원이는 스트레스를 받았다. 그리고 다시 종종 배가 아프다고 했다. 가슴이 철렁했다. 당장 수능 공부 그만두라고 소리를 질렀다. 스트레스로 몸 상하면 수능을 잘 본들 그게 무슨 소용이냐며 책을 빼앗았다.

"재수 삼수를 해서라도 나중에 가면 돼! 지금은 수

능점수 올리는 것이 아니라 몸무게 늘리는 데에만 신경을 써!" 나는 큰 소리로, 책을 빼앗겨 울고 있는 원이를 윽박질렀다. 돌이켜 보면 나의 억압과 잔소리가 원이를 더 스트레스 받게 하고 있었다. 수능 공부를 말리며 옥신각신 다투다 보니, 수능 시험일이 코앞으로 다가왔다. 나중을 위해 먼저 연습한다 생각하고, 이번에는 편하게 치르기로 약속했다. 그리고 수능시험장에 갔다.

"원이야, 힘들면 중간에 그냥 나와. 절대 무리하지 말고. 아빠가 근처에 있을게."

고사장으로 들어가는 원이의 뒤통수에 대고 소리쳤다. 하지만 말이 채 끝나기도 전에 눈물이 흘렀다. 사람 구실을 하지 못할 줄 알았던, 아니 평생 병수발을 받아야 될 줄 알았던 원이를 고사장으로 밀어 넣고 있는 모습이 믿겨지지 않았다. 고사장 근처에서 원이의 전화를 기다렸다. 1교시, 2교시가 끝나도… 전화벨은 울리지 않았다. 원이는 마지막 5교시를 모두 끝내고 돌아왔다.

"아빠, 나 하나도 안 떨었어. 별로 긴장이 안 되던데."

차에 오르며 원이가 말했다. "됐다. 잘했다. 큰일 했다, 원이야!" 가슴이 벅차 더 이상 말을 할 수 없었다.

수능을 보고 온 손녀가 너무도 대견스러웠던 할머니는 원이의 손을 한동안 잡고 놓지 않았다. "잘했다. 내 강아지." 연신 쓰다듬으며 토닥였다. 원이는 할머니 품에서 빙그레 웃었다. 할머니가 준비해 놓은 소고기 샤브샤브를 원이는 혼자서 반 근이나 눈 깜짝할 사이에 해치워 버렸다. 놀랄 만한 일이었다. 여전히 부실한 팔과 허벅지에 고깃살이 차오르기를 내심 기원했다.

우리 가족에게 원이의 수능은 점수와 상관없이 너무도 큰 사건이었다. 원이가 열 시간 가까운 시간을 앉아 있었다는 것이 신기할 정도였다. 그만큼 원이의 체력이 올라온 것이다. 도원장은 겨울철 추운 날씨에 노출되지 않게 조심하라고 당부했었다. 그러나 수능을 너무도 치르고 싶었던 원이는 결국 운동화 속에도, 배에도 핫팩을 붙이고 시험장에 갔다.

"배부르니까 졸리네." 임무를 완수하고 무사히 돌아

온 원이가 방으로 들어갔다. 나도 그제서야 피곤이 몰려왔다. 시험은 원이가 봤지만, 오히려 내가 더 긴장을 많이 했던 하루었다.

코호흡이 중요해

  원이가 관리를 잘하고 있음에도 불구하고, 가끔씩
배가 아프다고 했다.

  나는 그 원인을 찾아야 했다. 먹고 있는 음식에는 문
제가 없어 보였다. 정해진 식단으로 잘 먹고 있었다. 몸을
따뜻하게 하는 생활도 빼먹지 않았다. 별다른 특이점을
찾지 못했다. 그러나 가끔 복통을 느끼는 것은 분명 몸에
찬 기운이 찾아든 것이라는 생각이 들었다. 몸 속에 스며
든 냉기가 범인일 것이라고 생각되었지만, 너무 잘해 오
고 있었기에 더 이상 무엇을 해야 할지 몰랐다.

  틈나는 대로 인터넷을 검색했다. 주말에는 서점에 가
서 건강 관련 책들을 훑어보았다. 얻을 수 있는 의학정보

를 찾기 위해 책들의 목차를 읽어 보았다. 그러던 중 한 일본인 의사가 쓴 책에서 좋은 정보를 찾을 수 있었다. '입호흡', 이것이 몸 속에 또 하나의 냉기를 불어 넣는 범인이었다.

　사람은 입을 다물고 코로만 숨을 쉬어야 된다고 의사는 말하고 있었다. 하지만 자신도 모르는 사이에 자주 입으로 숨을 들이마시고 있고, 이로 인해 입호흡을 하는 인간에게만 자가면역질환 등의 병이 생긴다고 의사는 쓰고 있었다. 한 번도 생각해 보지 않았던 일이었다. 특히 잘 때는 자신도 모르는 사이에 입을 벌리고 입호흡을 더 많이 한다고 했다.

　곰곰이 생각해 보니 의사의 주장이 맞는 것 같았다. 코로 숨을 쉬면 외부의 공기가 뱃속으로 내려가기 전에 콧속에서 한 번 데워질 것 같았다. 하지만 입으로 직접 숨을 쉬면 찬바람을 직접 먹게 될 것 같았다. 당장 원이의 입을 틀어막아야 했다.

　일본인 의사는 책에서 반창고를 활용해 입을 막으라

고 알려 주었다. 약국에서 반창고를 사서 입을 가릴 수 있는 사이즈로 잘랐다. 그리고 잘 때마다 붙여 주었다. 하지만 아침이 되면 테이프가 어디론가 사라지고 없었다. 찾아보면 이불에 붙어 있는 경우가 대부분이었다. '반창고를 크게 자르면 떨어지지 않을까? 어떻게 하면 떨어지지 않게 할까?' 고민하던 순간, 스포츠용 근육 테이프를 제조하고 있는 지인이 생각났다.

사무실로 찾아갔다. 차를 한 잔 마시면서 그간 원이의 투병에 대한 이야기를 했다. 그리고 일본인 의사의 책 내용 중, 입 테이프와 관련된 페이지를 찾아서 보여 주며 물었다.

"근육 테이프를 밴드 사이즈로 잘라서 입술에 붙이게 할 수 있을까요?" "뭐 안 될 것 없죠." 김대표는 사무실에 있던 근육 테이프를 밴드 사이즈로 잘라 주었다. 우리는 그것을 입술에 붙여 보았다. 안성맞춤이었다. 피부에 붙이도록 제작된 테이프였던 만큼, 입술에 완벽하게 붙었다. 착용감도 반창고에 비해 훨씬 좋았다. 다만 테이프의 점성이 강해 떼는 데 애를 먹었다. 조심조심 살살 떼어야 했다.

얼마 후 김대표는 이를 보완해서 접착력을 낮추고 제품 사이즈를 입술에 맞게 재단해서, 전용 입술 테이프를 만들어 주었다. 수요가 있을 것 같아 판매용 제품으로 만들었다고 했다. '이지숨' 입막음 테이프가 세상에 선을 보이게 되었다. 다행히 이에 공감하는 여러 소비자들이 있어서, 어렵지 않게 히트 상품이 되었다. 지인에게 너무 잘된 일이었다.

우리 가족은 모두 이지숨을 붙이고 수면을 취했다. 원이에게는 낮에 집에 있는 시간에도 붙여 보라고 했다. 하루 종일 입에 테이프를 붙이고 있어야 했던 원이는 답답해했다. 또 가끔 말을 하기 위해서는 테이프를 떼야 했다. 문득 테이프에 구멍이 있으면 어떨까 하는 생각이 들었다. 입은 벌어지지 않으면서도 가끔 말도 할 수 있고, 종종 한숨도 한 번씩 쉴 수 있으면 좋을 것 같았다.

다시 김대표한테 부탁해 구멍을 뚫어 보라고 했다.

그렇게 해서 추가로 '이지숨뽕뽕'이란 제품이 출시되었다. 하루 종일 테이프를 붙이고 있기에는 뽕뽕이가 한결 수월했다. 답답한 중간에 한 번씩 숨도 내뱉고 말도 할 수 있었다. 그리고 본연의 입벌림 방지도 잘되었다.

　잠자거나 공부할 때, TV 볼 때도 원이는 뽕뽕이를 붙였다. 겨울철의 실내 온도는 여름철의 바깥 날씨보다 낮았다. 이 찬 기운을 입으로 먹지 않기 위해 실내에서도 입을 막는 일을 계속해야 했다. 그렇게 원이에게 또 하나의 생활 습관이 더해지게 되었다.

마지막 퍼즐

저녁을 먹고 아내와 공원으로 산책을 나갔다. 초봄이 지났지만 아직 공기는 싸늘한 편이었다. 맞은편에서 나이가 제법 있어 보이는 두 어르신이 맨발 차림으로 우리 쪽으로 걸어오고 있었다.

"어르신, 발 안 시려우세요?" 그분들은 약간 시렵지만 참을 만하다면서 가던 걸음을 재촉했다. 아마도 나처럼 묻는 사람이 많아 귀찮았던 모양이었다.

집으로 돌아와서 맨발걷기의 효과에 대한 영상을 찾아보았다. 그러다가 암 수술을 하고 항암 치료를 받은 환자의 이야기를 보게 되었다. 그 환자는 류마티스 관절염까지 생겨 걷기도 힘들었으나, 맨발걷기를 한 후부터 건강해졌다고 했다. 맨발걷기의 구체적인 효험 사례들을 보며, 좀 더 자세히 알고 싶어 책을 구입해서 완독했다. 놀라웠다. 저자는 현대인들이 앓고 있는 고혈압, 심혈관 질환, 뇌 질환, 알츠하이머는 물론 각종 자가면역질환 등의 만성질환에 맨발걷기가 상당한 도움을 줄 수 있다고 말하고 있었다.

한동안 잠잠했던 내 심장이 또 다시 꿈틀대기 시작했다. 원이를 맨발로 걷게 해야만 했다. 원이의 건강한 삶을 위한 해법의 마지막 퍼즐을 찾았다는 생각이 들었다. 그 책에서도 말기암 환자와 중병 환자들이 맨발걷기를 통해 극적으로 완치된 사례들을 추가로 싣고 있었다.

맨발로 걸으면 발바닥 자극으로 인한 지압의 효과로 혈액순환이 왕성해지고 면역체계가 강화된다고 했다. 또한 땅속에 무궁무진하게 존재하는 음전하를 띤 자유전자들이 생체 안으로 올라와 생명체의 건강한 생리적 활동을 가능하게 해 준다면서 맨발걷기의 효과를 정리해 주었다. 그러고 보니 일전에 입호흡의 중요성을 강조한 일본 의사의 책에서도 모든 병은 정전기가 원인이라고 설명했었다. 그래서 맨발걷기를 해서 몸에 불필요한 정전기를 배출해 주어야 한다고 했다. 맨발걷기가 힘든 상황에서는 손으로라도 흙을 만져서 어싱*을 해 주면 된다고 설명해 주었다.

원이에게도 반드시 좋은 결과가 있을 것 같았다. 원이를 데리고 당장 공원으로 나가고 싶었지만 쌀쌀한 날씨가 걸렸다. 원이는 확실히 따뜻한 여름에 컨디션이 좋았다. 빨리 여름이 오기만을 기다릴 수밖에 없었다. 여름이 되어야만 원이가 공원에 나가 맨발로 걸어 볼 수 있을 것 같았다.

---

* 땅(earth)과 현재진행형(ing)의 합성어로, 맨발로 땅을 밟으며 걷는 행위를 의미함. 지구와 우리 몸을 연결한다는 의미.

반갑다 센토사

동대문 종합병원에 입원하고 있을 때, 송교수는 원이에게 퇴원 후 가고 싶은 곳을 물어보았었다. 원이의 희망 목적지는 싱가포르 센토사였다. 10년 전에 아내는 직장에서 싱가포르로 발령을 받았었다. 15년 가까이 직장생활을 해 오고 있던 그 무렵, 아내의 유일한 목표는 해외근무였다. 그 꿈을 이루어 냈던 것이다. 8살이었던 원이는 싱가포르에서 초등학교에 입학하게 되었는데, 국제학교 생활을 즐기며 만족스러워했다.

투병 기간 내내 원이는 즐거웠던 싱가포르에서의 삶을 계속 떠올렸다. 그리고 나는 원이에게 건강하게 병원 문을 박차고 나가서, 다시 싱가포르로 갈 수 있다는 희망을 계속 불어넣어 주었다. 퇴원 후 한 해 넘게 원이를 지켜보았더니, 확실히 계절적으로 여름에 체력의 컨디션이 좋았다. 겨울에는 추위에 노출되지 않기 위해 행동에 제약이 따랐고, 컨디션도 여름에 비해서 좋지 않았다.

"여보, 우리 싱가포르로 다시 갈까?"

자는 줄 알았던 아내가 문득 물었다. "안 잤어? 나도 문득 그 생각하고 있었는데…. 공원에서 맨발걷기 본 후로 싱가포르에 다시 가서 살면 어떨까 하는 생각이 들었어. 1년 내내 여름이니까 원이의 컨디션도 계속 좋을 것 같고, 또 맨발걷기도 매일 할 수 있을 것 같고. 텔레파시가 통했네." 아내와 싱가포르에 관한 이야기를 한 것은 오랜만이었다. 원이와는 계속해서 추억을 소환하고 있었지만 말이다.

그리고 며칠 후 아내가 카톡을 보내 왔다. "싱가포르의 어느 회사에서 구인공고가 떴는데, 지원해 볼까?" "갑자기? 그래…." 너무 급작스러웠지만 아내는 연중 여름인 싱가포르에서 다시 한 번 일할 수 있는 기회를 만들었다.

비틀거리는 자식을 위하는 어미 새에게 세상은 어떤 장애물도 되지 않았다. 어미의 힘찬 날갯짓은 원이를 다시 한번 하늘 높이 비상하게 했다.

싱가포르로 다시 가는 일정은 일사천리로 진행되었다. 아내는 빠른 시일 내에 새 직장에 출근을 해야 했다. 원이는 이미 수능을 보고 졸업식까지 마쳤기에 자유로웠다. 대입 합격통지서를 기다릴 필요도 없었다. 수능 성적이 탐탁지 않아서 지원서를 쓰지도 않았다. 애초에 응시 자체에 의미를 둔 수능 시험이었다.

물론 이 부분을 원이는 동의하지 않을 수도 있다. 또래들과 충분히 쌓지 못한 여고시절의 추억들을 캠퍼스에서 새롭게, 더 다양하게 만들어 보길 간절히 희망했을지도 모를 일이다. 그 무렵 원이가 검색한 포털에 여기저기 재수학원의 흔적이 남아 있는 것으로 보아 충분히 짐작할 수 있었다.

엄마의 싱가포르 취업 소식에 원이는 적잖이 당황했다. 지난날 병원에서 수없이 회상했던 싱가포르에서의 삶은 단지 옛이야기를 주고 받는 추억놀이 정도로 생각하고 있었다고 했다. 정말로 다시 싱가포르에 갈 수 있다는 것이 믿겨지지 않는다고 했다.

싱가포르에 가서 현지 대학입시 준비를 해 보자고 원이를 설득했다. 원이는 동의했다. 그렇게 싱가포르로 향하는 준비는 번갯불에 콩을 볶듯 빠르게 끝이 났다. 공항에는 알록달록 여행을 위해 꾸며 입고 나온 관광객들로 넘쳐났다. 그 인파 속에서 송별 나온 할머니, 외할아버지, 외할머니의 눈시울이 점점 붉어졌다. 어린 딸을 위해 고생길을 마다하지 않고 만리타국으로 다시 떠나려는 딸을 바라보는 장모님의 두 눈이 더욱 그러했다.

엄마의 쓸쓸한 눈빛을 보며 아내는 "나한테 정말 좋은 자리야 엄마. 꼭 가서 일해 보고 싶어. 걱정하지 마."라는 말을 반복하며 장모님을 위로했다. 지금껏 그래 왔던 것처럼 이번에도 장모님은 아내에게 눈을 감아 주었다. 모두에게 힘든 이별이었다.

할머니들의 온기가 손에서 빠져나가지 않도록 주먹

을 꼭 쥔 채, 원이는 센토사 행 비행기에 올랐다. 싱가포르를 그리워한 지 꼬박 10년 만의 일이었다.

"아빠, 공항 냄새가 똑같네?"

착륙 후 비행기 문이 열리자마자 뛰어나가 터미널로 향하며 원이가 말했다. 특유의 습한 냄새가 정말 똑같았다. 우리의 후각은 10년 동안 이 냄새를 잊지 않고 있었다. 어쩌면 강하게 그리워하고 있었는지도 몰랐다.

콘도를 향해 달려가는 차창 밖의 풍경도 익숙했다. 야자수와 레인트리가 그 사이 좀 더 하늘 높이 올라간 것을 빼면 거의 변한 것이 없어 보였다. 간단히 짐을 풀고, 바로 센토사 바닷가로 달려갔다. 그대로였다. 원이가 그리워했던 모습들 그대로, 변한 게 없었다.

실로소비치에 맨발로 달려가 바닷물에 발을 담그는 원이를 보며 아내가 말했다. "이거 꿈 아니지?" 순간 눈물이 흘렀다. 인천 앞바다에 다 쏟아 버려 더 이상 없을 것 같았던 눈물이 어디선가 또 샘솟았다.

극심한 영양실조로 보이지 않고 들리지 않던 시기에,

병실에서 나는 원이에게 계속해서 센토사의 좋은 기억들만 생각하자고 말하고 또 말했었다. 센토사 바다를 머릿속에 그려 넣고, 실로소 해변에 앉아서 일광욕하는 자신의 모습을 상상해 보라고 연신 주문했었다. 그러면 더 빨리 나을 수 있다고.

아빠의 얼굴이 흐릿하게 보일 정도로 잘 보이지도 않았던 원이는 "아빠, 센토사에 정말 와 있는 거 같아!" 하면서 엄지척을 날려 주었었다. 그렇게 원이와 나는 부푼 희망을 담아 센토사를 회복의 보물섬으로 만들어 놓았다.

맨발로 걸어 볼까

역시 싱가포르는 뜨거웠다. 더운 날씨에 천천히 익숙해 질 틈도 없이, 무더위에 헉헉거렸다. 아들과 아내는 에어컨을 잠시도 끄지 못할 정도로 더위를 탔다. 다행스럽게 원이는 자기 방 창문으로 들어오는 바람만으로도 적도 지방의 열기를 충분히 이겨 내고 있었다.

하루라도 빨리 원이에게 맨발걷기 운동을 시키고 싶어 집 근처를 샅샅이 뒤졌다. 그러나 맨발걷기 책 저자의 말처럼 이곳도 모두 아스팔트, 시멘트, 우레탄, 인조잔디로 도시가 완벽하게 포장되어 있었다. 도저히 맨땅, 흙이라고는 찾아볼 수가 없었다. 인근에 있는 공원까지 가 보았지만, 레인트리의 거대한 나무 밑에 있는 약간의 풀밭

이 보이는 흙의 전부였다. 간간히 나무들 밑에서 잔디밭을 볼 수 있었지만, 걷기에는 적당해 보이지 않았다. 아무리 찾아도 집 근처에서는 마땅한 곳을 찾지 못했다.

며칠 간의 동네 탐색을 마친 후, 우리는 맨발걷기를 하기 위해 바닷가 모래밭으로 향했다. 집에서 가까운 이스트코스트파크를 우리의 목적지로 정했다. 그곳에는 많은 사람들이 나와서 바다를 바라보며 휴식을 즐기고 있었다. 공원 한쪽의 산책로에는 사이클과 조깅, 걷기를 하는 사람들도 많았다.

원이와 나는 한쪽 그늘에 신발을 벗어 두고 바닷가로 향했다. 그리고 젖은 모래에 힘을 주어 우리의 발자국을 만들어 냈다. 모래에 우리의 염원을 담아 꾹꾹 도장을 찍었다. 원이의 완전한 건강 회복을 위한 미션 완수라는 각인이었다. 원이에게 마지막으로 추가되는 일상의 루틴이라는 생각이 들었다.

그렇게 원이는 하루하루 출석 도장을 찍어 갔다. 하지만 오후의 해변은 진흙구이 닭이 되기 딱 좋은 온도였다. 작열하는 태양은 바닷물도 펄펄 끓이고 있었다. 며칠 간의 맨발걷기는 금세 원이를 지치게 했다. 우리는 해가 뜨기 전에 맨발걷기를 끝내야 했다. 그렇지 않으면 일몰 이후에나 할 수밖에 없었다.

"원이야, 일어나. 운동하러 가자. 얼른~." "조금만 더 자고." "안 돼. 그러면 더워서 못해. 갔다 와서 다시 자!" 동이 트기 전에 나는 원이를 깨워야 했고, 원이는 돌돌 감은 이불을 놓으려 하지 않았다. 우리 둘의 맨발걷기 전쟁이 시작된 것이다.

맨발걷기의 효과를 직접 확인해 보고 싶었던 나는 원이에게 단 하루의 땡땡이도 용납하지 않았다. 일련의 여러 루틴들이 반드시 원이를 완벽하게 회복시켜 주리라 굳게 믿었기 때문이었다. 하지만 시간이 지날수록 원이 는 버거워했다. 체력적으로도 정신적으로도. 물론 나 또한 연일 계속되는 강행군에 심신이 지쳐 갔다. 그러나 포기할 수는 없었다. 내가 포기하면 원이도 따라서 그만둘 것이 뻔했다.

"원이야, 앞으로는 저녁 먹고 맨발걷기 하러 가자. 엄마도 같이." 아침에 일찍 일어나는 게 힘들었던 원이는 흔쾌히 동의했다. 그렇게 우리는 저녁반이 되었다.

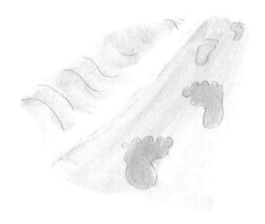

함께 온 부적

머릿속에는 원이의 건강 회복에 대한 염려뿐이었다. 그것이 우선 해결되어야 원이가 더 행복한 삶을 살기 위한 다른 일정을 소화해 낼 수 있다고 생각했다.

걱정거리는 이곳에서도 끊이지 않았다. 여전히 나는 내 삶으로 완전한 복귀를 하지 못하고 절뚝거리고 있었다. 그 걱정들은 나를 공포와 두려움의 늪에서 계속 허우적거리게 했다. 조금이라도 벗어나려고 하면 다시 발목을 잡아당겼다. 절대 못 나가게 말이다.

그 발목을 원이가 잡고 있다고만 생각했다. 원이가 나의 지나친 간섭으로 조금씩 힘겨워하듯이, 나 역시도 돌봄이라는 이름으로 퍼부어 대는 잔소리에 스스로 지쳐 가고 있었다. 그렇게 나 역시도 힘이 빠져 가고 있었다.

한국에서 배로 보낸 이삿짐이 도착했다. 하나씩 짐을 풀던 원이가 아주 예전에 들던 작은 가방 안에서 무엇인가를 발견하고 웃으며 건네 주었다. 부적이었다.

"몇 년 전에 할머니가 가방에 넣고 다니라고 해서 넣어 두었던 거야. 이젠 필요 없겠지?"

현기증이 났다. 부적을 들고 내 방으로 건너왔다. 원이 옆에 서 있을 수가 없었다. 벽을 짚으며 침대로 와서 누웠다. 부적… 부적이었다. 일전에 부적을 두고 엄마랑 한바탕 난리를 쳤던 때가 생각났다. 그 망할 놈의 부적 때문에 재수 없는 일이 끊이지 않았던 거라고 엄마에게 폭언을 했었다. 엄마한테 제발 부정적으로 생각하지 말고, 좋은 것만 생각하며 살라고 윽박질러 댔었다.

그런데 그 지긋지긋한 부적이 여기까지 따라왔다. 작게 여러 번 접혀 있는 그것은 뜻을 알 수 없는 생경한 문자가 가득한 노란 종이 한 장이었다. 한참을 바라보았다. 멍하니 부적을 보고 있었다. 그 순간 소름이 돋았다. 엄마처럼 부적을 사용하고 있지 않았을 뿐, 내가 지금 재수 없는 것을 더 많이 상상하고 부정적인 걱정을 가득 안고 살고 있었다. 결코 눈치채지 못하고 살고 있었다. 어쩌면 엄마보다 더 부정적인 생각을 끊임없이 하면서, 가족들을 부정적인 말들로 들들 볶아 대고 있었다.

지난 시절, 엄마가 액땜한다며 부적 쓰고 굿하며 가족을 위해 기도하며 살아온 것과 나의 행동은 별반 다르지 않았다. 엄마가 병으로 부모와 남편을 잃은 트라우마로 인해 부적에 의존하며 부정적인 생각을 끊어 내지 못하고 살아왔듯이, 나 역시도 원이와 다른 가족을 다시는 아프게 하지 않겠다는 강박관념으로 계속 부정적인 환경에 나를 포함한 모두를 몰아넣고 있었다.

도래하지 않은 나쁜 상황을 계속 상상하고 부정적인 걱정의 말들을 끊임없이 내뱉으며 그렇게, 엄마처럼 살아오고 있었다. 나도 엄마와 다르지 않았으나, 나 스스로는 결코 같지 않다고 생각하고 있었다. 만리타국에서 다시 엄마의 부적을 보고 난 후에야 비로소 깨달았다.

작은 종잇조각을 원래의 주름에 맞춰 다시 접었다. 그리고 내 지갑의 가장 안쪽에 쑤셔 넣었다. 두려움이었다. 원이가 수술 중 잘못되지는 않을까? 혹여 잘된다고 한들 장의 많은 부분이 잘려 나가면 어떡할까? 그로 인해 정상적인 생활을 못하게 된다면? 이런 공포심들이었다.

겁이 나서 수술동의서 서명을 미루며 이러지도 저러지도 못하면서 시간만 흘려보냈었다. 운 좋게도 원이를 무사히 회복시킬 수 있었다. 하지만 그때의 두려움은 아직 사라지지 않았다. 사라지기는커녕 원이를 다시는 아프게 하지 않겠다고 다짐할수록, 병원에 두고 왔어야 할 그 공포심은 가슴속 깊은 곳에서 차곡차곡 쌓여 갔다.

그리고 난 점점 겁쟁이가 되어 갔다. 원이를 위한 것으로 포장된 염려의 말들은, 다름 아닌 나의 두려움을 감추기 위한 포장지에 불과했다. 무엇인가를 해야 할 상황에서는 어떤 하지 말아야 할 행동들을 먼저 찾게 되었고, 긍정의 격려가 필요할 때면 부정을 옹호할 이유를 찾기에 급급했다. 잡귀가 내게 부정 타는 일련의 일들을 가져다 준 것이 아니라. 스스로 부정의 감정들을 온몸에 칭칭 감아 대고 있었다. 어쩌면 내게도 더 이상 그런 일들을 생각하지 않기 위한 부적이 필요했다.

자신감이 문제야

"여보, 어디 아파?"

요사이 말수가 줄고 입맛을 잃은 내게 아내가 걱정스러운 듯 말을 건넸다. 괜찮다는 대답 대신 고개를 가로저었다. 당장 부정의 늪에서 빠져나올 방법을 찾아야 했다. 오랜 세월 엄마도 찾지 못했고, 지금의 나 자신도 찾기 위해 허둥대고만 있었다.

부정적인 생각을 하지 않으면 된다고 스스로를 다독여 보았지만, 내 뇌는 그때마다 보란 듯이 걱정과 불안을 연거푸 쏟아 냈다. 하지 않으려고 하면 더욱 하게 만들어 댔다.

헬스장을 다녀온 아들이 자신의 가슴을 만져 보라

고 했다. 제법 딴딴했다. "아빠도 만들어!" 아들이 자신의 몸을 쓰다듬으며 우쭐댔다. "아빠가 이 나이에 어떻게 하냐?"라며 채 말을 끝내지도 않았는데, "무슨 사람이 그렇게 자신감이 없어! 그냥 하면 되는 거지."라는 아들의 말이 돌아왔다. 피식, 웃음이 나왔다. 고등학생 아들한테 이런 소리를 듣게 될 줄은 상상도 못했다.

그런데 '자신감이 없다'는 아들의 말이 귓전을 맴돌았다. 자신감… 자신감…. 문득 눈앞이 밝아지는 느낌이었다. 자신감!이었다. 나도 엄마도 찾지 못했던 부정적인 삶에서 탈출할 수 있는 방법은 자신감 있는 행동이었다. 우리에게는 자신감이 없었던 것이다.

엄마는 신이 아니었다. 그래서 부모와 남편의 생명줄을 연장해 줄 수 있는 힘이 스스로에게 없었다. 한 인간으로서 본인이 할 수 있는 최선의 노력이면 충분했다. 자신을 탓할 필요도, 심지어 도래하지도 않은 미래를 부정적으로 그려 대며 부적을 들고 걱정할 필요도 없었다.

그건 나도 마찬가지였다. 건강의 회복을 기원한다면

서 거듭 해서는 안 되는 상황만을 체크하며 부정적으로 생각하고 걱정하는 삶을 살고 있었다. 그래야만 막을 수 있는 줄 알았다. 그 과정으로 인해 많은 스트레스가 필연적으로 따라왔다. 그리고 그 스트레스의 무게에 점점 눌리고 있었다. 생각해 보면 스트레스의 원인도 자신감의 부족이었다. 자신감 없이 한 행동의 결과물이 바로 부정의 스트레스라는 이름으로 되돌아왔던 것이다.

돌이켜 보면 한의원 도원장은 원이에게 '스트레스 받지 말고 살아.'라는 말을 처음부터 강조했었다. 다른 모든 지침들은 벽에 써 놓고 잘 따랐지만, 스트레스 받지 말고 살라는 말은 간과했었다. 스트레스를 대수롭지 않게 생각한 것이다. 자신감을 갖고 살라는 말의 다른 표현임을 깨닫지 못하고 있었다. 스트레스가 사람을 힘들게 한다는 것은 알고 있었으나, 그 스트레스가 어떻게 만들어지는지에 대한 고민이 빠져 있었다.

그동안 내가 가족들에게 한 잔소리는 관심과 보호를 위한 사랑의 언어가 아니었다. 모든 잔소리는 자신감이 결여된 나의 행동에서 만들어진 부정의 언어들이었으며, 스트레스의 원인이었다. 자신감 없는 삶은 쉽게 부정적인 환경에 노출될 수밖에 없었다. 그런 이유로 삶은 계속 내게 스트레스라는 경고장을 날려 주고 있었던 것이다. 더 이상 반복하지 말라는 의미였다. 부정으로부터 탈출할 수 있는 방법은 자신감을 갖고 긍정의 길을 걷는 것이었다. 자신감 없는 나의 행동을 멈추지 않는다면, 이는 원이에게도 전염이 될 것이다.

나는 절대 엄마와 같지 않다고, 다르다고 생각하며 살아왔지만, 결국 나 역시도 엄마가 걸었던 그 길을 따라 걷고 있었다. 여기서 멈춰야 했다. 원이를 위해서, 아니 나 자신을 위해서 노선을 수정해야 했다.

달려라 야생 원숭이

맨발걷기를 마치고, 원이와 해변에 앉아 먼바다를 바라보고 있을 때였다.

'어떻게 하면 자신감 있는 삶을 살 수 있을까?'

연이은 질문이 수평선 너머 가물가물 피어 오르는 수증기처럼 내 머릿속에 자라나고 있었다. 그때였다. 멀리서 사람들의 환호성이 들려왔다. 많은 사람들이 모여 있었다. 원이와 그곳으로 달려갔다. 가까이 다가가서 보니, 야생 원숭이 몇 마리가 사람들에게 둘러싸여 있었다. 하지만 그 원숭이들은 사람을 전혀 무서워하지 않았다. 오히려 원숭이가 사람들에게 다가오면, 사람들이 탄성을 지르면서 뒷걸음질쳤다. 우리가 원숭이를 보고 있는 것이 아니라 원숭이들이 우리를 보고 있었다.

무리 중 한 마리가 구경하고 있던 아이의 모자를 잽싸게 낚아챘다. 그리고 그 길로 쏜살같이 달아났다. 순식간에 벌어진 일이어서 아이는 아무런 대처를 할 수 없었다. 나머지 원숭이들은 달아난 원숭이를 뒤쫓아 달렸다. 힐끔힐끔 돌아서서 앞니를 내보이며 웃으면서 원숭이들은 우리들 곁에서 멀어졌다.

아이에게는 안된 일이었지만, 구경하고 있던 우리들에게는 재미있는 광경이었다. 흐릿하게 보일 정도로 멀리 달려가고 있는 원숭이들을 보면서, 원이도 저렇게 열심히 모래밭을 달리면 좋겠다는 생각이 들었다.

"원이야, 맨발걷기 힘들어?" 마지못해 하루하루 운동을 하고 있는 원이에게 물었다. "아니, 괜찮아.""솔직히 말해 봐. 요즘 바닷가에 오면 잘 걷지 않고, 맨발로 앉아 있기만 하잖아?" 대답이 없었다. "원이야, 힘들면 맨발걷기 그만두자. 더운데 괜히 체력 낭비하지 말고."

집으로 돌아오는 길에 이런저런 궁금증들이 떠올랐

다. 맨발걷기 책에서 보면 맨발걷기가 말기암 환자를 낫게 한 사례가 많은데, 왜 대부분의 암환자들은 맨발걷기를 하지 않고 있는 것일까? 맨발걷기 운동에 대해 들어보지 못해서일까? 아니면 이미 해 보았지만 별다른 효과를 보지 못했던 것일까? 이런저런 생각이 꼬리에 꼬리를 물었다.

그 생각은 집에 돌아와서도 멈추지 않았다. 더운 날씨에 바닷가를 왔다갔다하며, 체력 소비로 원이를 더 고생시키고 있는 것은 아닌지 염려되던 참이었다. 그러던 중 이런 생각에 이르게 되었다. 지금 내가 빠져 있는 이 행위가 원이 본인에게는 아무런 느낌을 주지 않을 수 있다고 말이다. 단지 아빠의 선택이기에 응해 주는 그 이상, 그 이하도 아닐 수 있었다.

원이가 만약 맨발걷기 책을 '스스로' 먼저 읽어 본 후, 본인의 건강에 정말 도움이 될 것이라는 확신이 들었더라면, 거꾸로 아빠 손을 잡아채 바다로 함께 나가자고 했을 것이다. 어쩌면 지금 원이에게는 맨발걷기가 건강에 도움이 될 거라는 믿음이 아니라, 괜한 시간 낭비라는 불신이 더 많을지도 모를 일이었다. 이는 수많은 암환자들이 병으로부터 해방되고자 맨발걷기를 시도해 보았으나, 일부만 효과를 보고 대다수의 환자는 효과를 보지 못했던 이유와 맥을 같이할 수도 있다는 생각에 도달했다.

그 이유는 무엇이었을까? 그것을 얼마만큼 신뢰하고 걸었는지에 따라 그 결과가 달라졌으리라는 결론에 도달했다. 말기암 환자, 특히 병원에서 더 이상 손쓸 수 없다고 집으로 돌려보냈던 환자가 오히려 맨발걷기를 통해 완치되었다는 사례에서 이를 유추해 볼 수 있었다. 환자가 생명을 연장하기 위해서는 오직 이 방법밖에 없다고 생각했을 때, 환자는 마지막으로 맨발걷기에 스스로 온힘을 쏟아 부었을 것이다. 그 절박함과 마지막 신뢰가 환자의 몸속에 퍼져 있던 암세포들을 두 배 세 배, 아니 몇십 배 빠른 속도로 땅속에 묻어 버렸을 것이다.

여기까지 생각이 미치니 결론은 너무도 자명해졌다. 그것은 원이에게 맨발걷기를 포함한, 어쩌면 지금 하고 있는 모든 루틴들에 스스로 전폭적인 신뢰를 보낼 수 있게 하는 뭔가가 필요했다. 다른 누구의 방해에도 굴하지 않고, 꾸준하게 밀고 나갈 강한 원동력을 원이 자신에게 스스로 심어 주는 일이 필요했다.

아빠의 강압적인 잔소리에서 탈출해야 했다. 본인이 필요성을 느끼고 행동으로 이어가도록 강한 동기부여가 있어야 했다. 어떤 일을 할 때 완전한 믿음을 등에 업고 달리는 것과, 반신반의의 의심스러운 마음을 안고 뛰는 것은 결과적으로 아주 큰 차이를 만든다. 앞선 누군가가 완전한 믿음을 갖고 얻어 낸 고귀한 승리들이 원이 자신에게도 반드시 일어날 수 있다는 점을 경험시키고 싶었다. 일상의 작은 믿음들이 쌓여 마침내 자신감 넘치는 사람이 된다는 것을 원이의 가슴속에 채워 넣어 주고 싶었다.

나는 내 삶을 구경하기로 했다

원이가 소파에서 낮잠을 자고 있었다.

물끄러미 원이의 얼굴을 바라보았다. 스무 살이라는 나이가 믿겨지지 않았다. 나한테는 아직도 아빠의 손을 잡고 다니는 작은 원숭이에 불과했다. 문득 바닷가 원숭이들이 환하게 웃던 모습이 떠올랐다. 그 야생의 원숭이와 나의 원숭이가 비교되었다. 나의 원숭이는 야생 원숭이들보다 즐거워 보이지 않았다. 아마도 아빠라는 울타리에 갇혀 사는 동물원의 원숭이였기에 야생의 원숭이보다 덜 행복했을 것이다.

원이의 진정한 행복을 위해서 원이를 자유롭게 놓아주어야 한다는 생각이 들었다. 야생으로 돌려보내야 비

로소 원이의 삶을 제대로 살게 될 것 같았다. 그 즈음 한 지인에게서 연극표를 선물 받았다. 답답한 마음도 달랠 겸 공연장으로 발걸음을 옮겼다. 객석에는 몇 명의 관객들만 앉아 있었다. 무대의 배우들은 객석의 관객 수에 아랑곳하지 않고 혼신의 힘을 다해 연기했다.

무대 위의 한 배우와 눈이 마주쳤다. 그 배우의 눈에는 강렬한 카리스마가 담겨 있었다. 던지는 대사들과 움직이는 동작 하나하나는 나를 소름 돋게 했다. 며칠 동안 그의 강렬한 눈빛이 잊혀지지 않았다.

'어떻게 그런 눈빛을 담아 연기할 수 있을까? 저런 열정적인 모습을 어떻게 하면 닮아 갈 수 있을까?' 왠지 다시 한 번 보고 싶어졌다. 며칠 후 공연장으로 다시 갔다. 묵묵히 감상하고 돌아왔다. 곰곰이 생각했다. 무대 위의 배우가 신들린 듯이 열정적인 연기를 할 수 있었던 것은, 다름 아닌 자신만의 무대가 있었기에 가능했을 것이다. 배우가 연기했던 그 무대는 스스로가 이루고자 한 삶 자체였을 것이다. 또한 무대 위에서 혼신의 연기를 했던 그 배우에게는 분명 믿음이 있었을 것이다. 스스로 세운 목표를 반드시 해 낼 수 있다는 자신감. 그리고 그는 계획대로 모든 것을 얻게 되었을 것이다. 그 배우의 눈빛이 말해 주고 있었다.

원이도 삶의 무대에서는 스스로가 배우였고, 주인공이었다. 하지만 원이는 자신의 무대에서 타인의 역할을 하도록 강요받고 있었다. 내가 적어 준 글을 낭독하는 수준의 삶을 살고 있었다. 그렇기에 원이의 가슴속 깊은 곳에서는 어떤 믿음도 생기지 않았을 것이다. 어떤 동기부여도 강하게 일어날 수 없었을 것이다.

나는 원이의 무대에 난입한 참견 많은 악성 관객이었다. 원이의 무대에서 나는 하루 빨리 내려와야 했다. 갑작스런 병으로 인해 원이의 무대에 뛰어 올라가게 되었지만, 이제는 내려올 때가 되었다. 많은 관심을 갖고 지켜만 보면서, 원이를 열렬히 응원해 주는 관객의 자리로 돌아와야 했다. 순간순간 환호와 공감의 탄성만을 내면서 원이의 공연에 박수칠 준비를 해야 했다. 공연의 입장권을

돈 내고 사듯이. 그 순간 나는 돈을 내고 원이의 삶을 구경만 하기로 결정했다.

공연 속 등장인물들은 잘 짜인 대본을 갖고 있다. 우리도 나름대로 삶의 등장인물들이다. 하지만 우리는 역할에 맞는 대본을 스스로가 만들어야 한다. 그것은 본인만이 할 수 있다. 그래야 주어진 대본에 충실한 연기를 할 수 있다.

원이가 긍정적인 생각을 갖고 인생을 자신 있게 살기 위해 필요한 것도, 다름 아닌 스스로 써 가는 본인의 대본뿐일 것이다. 직접 계획한 목표가 있는 삶은 지치지 않을 것이다. 더욱 자신감 넘치게 만들 것이다. 그리고 원이의 무대에서 내가 내려올 수 있는 힘 역시, 나의 삶에 대한 자신감에서 얻어지게 될 것이다. 그러면 잔소리를 하지 않고도, 자식과 가족을 지켜볼 수 있을 것이다. 그것도 용기를 불어넣어 주면서 말이다.

잔소리를 삼가고 자식을 묵묵히 지켜보면서 응원하는 것은 어쩌면 많은 수행을 필요로 할 수도 있다. 하지만 이 수행은 자식을 더욱 크게 성장시킬 수 있을 것이고, 나아가서는 자식에게 사랑받는 부모가 되는 길이란 생각이 들었다.

상대의 지나친 질책에는 오히려 단호하게 자신의 생각으로 맞서고, 상대의 무한한 신뢰에는 강하게 책임감을 갖게 되는 것이 우리들이다. 이제 내가 할 일은 원이를 온전히 신뢰하는 일, 그리고 나 자신을 믿는 일뿐이다.

그러기 위해서는 다시 무엇인가를 얻도록 목표를 세워야 했다. 그토록 찾아 헤매던 긍정의 삶이란 매 순간 계획하고 이를 실천하는 일이 아니었던가.

목표란 먼 미래의 일을 생각하는 것이 아니었다. 내일 그리고 1주일 뒤, 1년 뒤에 내가 해야 할 일을 스스로 찾아서 미리 계획하는 것이었다. 그 목표들을 하나씩 성취해 나갈 때, 비로소 현재의 상태를 유지하기 위한 수동적인 자세에 멈춰 서 있지 않게 되었다.

걱정과 염려의 부정어들을 버리고, 긍정의 목표들을 다시 그려야 했다. 이제 아빠로서 원이에게 해 줄 수 있는 선물은 긍정의 길을 자신 있게 걸어가고 있는 모습을 보여 주는 것뿐이었다. 강요의 말을 하기 위해 얼굴을 마주하는 대신, 묵묵히 목표를 달성해 나가는 나의 뒷모습만을 보여 주어야 했다.

지금 건넌방에서는 원이가 또 다른 자신의 대본을 쓰고 있다. 그것이 무엇인지 알 수는 없지만, 나는 그 여정을 구경할 티켓을 예매해 두었다. 아마도 그 티켓 값은 꽤 나갈 것 같다.

더 나은 인생길을 위하여

그동안 도원이의 마음을 읽어 주지 못했습니다.

도원이는 원이의 연년생 남동생입니다. 초등학교 시절 원이는 스쿨버스에서 내려 집에 오면 반바지 한쪽이 약간 젖어 있었고, 허벅지에 머리카락 자국이 선명했습니다. 꾸벅꾸벅 조는 동생 도원이를 자신의 허벅지에 눕혀 편히 자게 해 주었던 흔적이었습니다. 비록 1살 위의 누나지만 원이는 도원이를 잘 돌봐 주었습니다. 도원이도 누나를 잘 따랐습니다. 항상 둘이 티격태격하면서도 재미있게 하루하루를 보냈습니다.

그런 누나가 중학생이 되면서 서서히 아프게 되고, 결국에는 큰 시련을 겪게 되었습니다. 도원이는 더 이상 누나와 일상적인 대화를 할 수 없었고, 학교에 가지 못하는 누나에 대한 미안함으로 학교생활에 대한 아무런 말도 가족에게 하지 않았습니다. 그런 사려 깊은 도원이의 마음을 저는 전혀 읽어 주지 못했습니다. 많이 외로웠을 시기에 우리는 정신없이 원이 치료에만 매진해 있었습니다.

도원이는 부모에게 마음껏 투정을 부릴 수 있는 그 시기만의 특혜인 중2병을 얻지 못했습니다. 아니 얻으려 하지도 않았습니다. 누나를 돌보느라 정신없는 부모에게 자신의 특권을 행사할 수 없었을 것입니다. 하지만 도원이는 어수선한 집안 분위기 속에서도 묵묵히 자신의 위치에서 제 역할을 다 해 주었습니다.

돌이켜 보면 이는 도원이가 아픈 누나와 고생하고 있는 우리 부부를 위해 할 수 있는 최선의 노력을 해 준 것입니다. 도원이에게 고맙고 또한 미안한 마음이 많이 듭니다. 비록 시간은 지났지만 이제라도 도원이가 그때 사용하지 않은 자신의 권리를 행사하겠다고 하면 기꺼이 받아들여 주어야겠습니다. 아비보다 더 의젓하게, 자신감

160

을 갖고 살고 있는 도원이의 목표 있는 삶을 응원합니다.

또한 아내의 마음을 이해해 주지 않았습니다.

아내의 입장에서 보면 지난날은 하루하루가 공포의 시간이었을 것입니다. 곁에서 지켜볼 수 없었던 지난 밤들이 어쩌면 매일매일 무서웠을 것입니다. 하지만 그런 아내의 마음을 다독여 주지 못했습니다. 흔들리지 않고 가야 했기에 어쩔 수 없는 일이라며 자신만을 추스리고, 나만의 길을 걸었습니다. 그때의 상처로 아내는 가슴속에 깊은 구멍이 나 있을 것입니다. 세월이 지나면 그 구멍은 메꿔지겠지만, 그 흔적은 지워지지 않을 것입니다. 살면서 조금이라도 더 자국을 지워 나가도록 힘쓰겠습니다.

게다가 어머니의 마음을 헤아려 주지 않았습니다.

어머니가 원이에게 해 줄 수 있는 유일한 길은 간절하게 기도하는 일이었을 것입니다. 하지만 그런 어머니의 마음을 나는 외면했습니다. 심지어 저는 원망만 해댔습니다. 원이의 병간호에 안절부절못하면서 쌓였던 내 안의 스트레스를 저는 어머니에게 퍼 부었습니다. 어머니께 죄

송할 뿐입니다. 원이가 내 목숨과도 같은 귀한 자식이었
듯이, 저는 어머니에게 그런 아들이었을 것입니다. 힘들
어하는 아들과 야위어 가는 손녀를 보는 어머니의 마음
은 두 배로 고통받았을 것입니다. 당신 자신을 위해서가
아닌, 늘 자식과 가족들을 위해 한평생 기도해 오신 나
의 어머니께 감사드립니다.

저는 무모했습니다.

그럼에도 불구하고, 그런 아빠의 요구들을, 다행스럽
게 15살의 원이는 잘 따라 주었습니다. 어쩌면 어린 나이
에 투병 생활을 했기에 가능했을지도 모릅니다. 성인이었
더라면, 본인의 고통스러운 상황을 빨리 줄이기 위해 스
스로 수술을 선택했을 수도 있었을 것입니다. 그리고 치
유를 위해 꼭 해야 했던 여러 행동 방식들마저도 귀찮아
했을 수 있습니다. 묵묵히 잘 따라와 준 원이가 고마울
따름입니다.

이 일을 계기로 저 역시 음식은 따뜻하게 먹는 것을
원칙으로 하고 있습니다. 몇 달에 한두 번 등산가는 것이

유일한 운동이었던 삶이, 매일 맨발걷기로 하루를 시작하는 인생으로 바뀌었습니다. 매사 불평하고, 누군가를 원망하며 잔소리를 늘어 놓던 삶이, 주변의 모든 것에 고마워하고, 조용히 밥 값을 내며 삶을 구경하는 인생으로 바뀌었습니다.

어쩌면 죽기 전까지 제 자신의 행동에 변화가 없었을지도 모르겠습니다. 그러나 원이를 통해 제 삶을 다시 돌아보게 되었고, 그리고 변화하게 되었습니다. 원이는 자신의 삶을 관리하지 않고 대충대충 살아가고 있던 아비가 올바른 목표를 세우고, 더 나은 인생길을 걷도록 변화시켜 주었습니다. 원이에게 고마움을 전합니다.

사랑하는 나의 가족들에게 이 글을 바칩니다.

Thanks to

성치 않은 무릎으로 손녀를 위해 사찰의 대웅전에서 108배를 올리며 기도해 주신 원이할머니 외할머니 외할아버지와 가족들 그리고 하늘에서 보고 계실 나의 아버지 • 주말마다 빠트리지 않고 교회 십자가 아래에서 원이의 쾌유를 기원하며 기도해 준 남상철 류인정 김미영 김윤경을 비롯한 나의 벗들 • 이른 새벽 시간을 마다 않고 성당으로 달려가 성모님 아래에서 기도해 주신 김형호 님 루시아 님 그리고 나의 이웃들 • 가장 힘들었을 아내를 위로해 준 오랜 벗 박지연 임은경 비바리, 10-10 언니 동생들 • 나의 작은 이야기를 멋진 책으로 만들어 주신 새움출판사 임직원분들 • 항상 힘내라고 용기를 불어넣어 주셨던 스폴 김영욱 님 김인철 님 • 원이 일에 자신의 자식 일처럼 발벗고 나서 주신 김윤영 님 • 원이가 일상으로 돌아갈 수 있도록 정성껏 치료해 주신 배독생기한의원 도영민 원장님 노윤주 원장님께 진심으로 감사드립니다.

Part 3

크론병의
치료와생활

의문을 품고 질문을 던져야 합니다

의료쇼핑이란 말을 들어 보셨나요? 살면서 갑작스럽게 가족의 병 진단 소식을 접하게 되면, 당사자와 가족들은 허둥지둥 당황하게 됩니다. 그리고 처음 찾아가는 병원에서 안내하는 대로 진료받는 경우가 대부분입니다. 하지만 급한 수술을 해야 하는 경우가 아니라면, 시간을 두고 최선의 선택을 찾아보았으면 좋겠습니다. 병은 주위에 알려야 좋은 정보를 얻을 수 있습니다.

20년 전의 일입니다. 약간의 어지럼증이 있어서 뇌 MRI 검사를 했습니다. 뇌동맥류라는 진단을 받았습니다. 그리고 처음 찾아간 병원에서 안내해 주는 대로 수술을 하기로 했습니다. 담당 신경외과 의사는 간단한 수술이니 크게 걱정하지 말라고 했습니다. 그렇게 수술을 받아들이기로 했습니다.

하루 전날, 레지던트가 수술동의서를 받으러 병실로 왔습니다. 수술에 대한 설명을 요청했습니다. 그리고는 설명을 듣자마자 환자복을 집어던지고 병원을 나왔습니다. 간단하다고 한 수술은 두개골을 동그랗게 도려내고 하는 수술이었습니다. 그것이 어떻게 간단한 것인지 이해가 되지 않았습니다.

몇 달 뒤, 수소문 끝에 저는 다른 병원에서 코일색전술을 받게 되었습니다. 허벅지 대퇴동맥 혈관으로 하는 시술이었습니다. 현재 이 시술의 상처는 허벅지 어디에서도 찾아볼 수 없습니다. 하지만 앞의 병원에서 수술했었더라면, 제 두개골에는 접합의 철심이 남아 있게 되었을 것입니다. 아찔했던 순간이었습니다.

물론 원이의 경우는 달랐습니다. 대형 종합병원 어디에서도 수술을 권하지 않은 곳이 없었습니다. 하지만 어찌 된 영문인지 저는 수술시키지 않고 계속 뭔가를 찾아

보고 싶었습니다. 지나고 생각해 보니 그때 우리에게 큰 행운이 찾아와 주었던 것 같습니다. 까딱했으면 의사들의 염려처럼 패혈증으로 자식을 잃을 수도 있었기 때문입니다.

종합병원 의사들은 자신들이 알고 있는 범위 내에서 최선을 다해 주었습니다. 그분들의 헌신이 아니었더라면 원이는 항생제로 급한 불을 끌 수도 없었을 것이고, 영양 주사로 영양실조를 극복하지도 못했을 것입니다. 감사할 따름입니다.

그렇지만 꼭 함께 생각해 보고 싶은 부분이 있습니다. 현대의학의 발달로 인간의 평균 수명이 늘었습니다. 예전 같았으면 전혀 손쓸 수 없던 다양한 질병들이 치료 가능한 병으로 바뀌어 가고 있습니다. 다행스러운 일입니다. 하지만 안타깝게도 전에 없었던 새로운 질병들이 또한 생겨나고 있습니다. 그리고 난치병이라는 이름으로 환자들을 고통받게 하고 있습니다.

크론병도 현대의학에서는 발병 원인을 알 수 없는 난

치병으로 분류되어 있습니다. 하지만 배독생기한의원 도원장님은 크론병을 난치병으로 생각하지 않습니다. 또한 병의 원인도 기의 허약에서 비롯되어 몸속이 차서 생긴 질환이라고 원인을 정확히 이야기합니다. 그래서 뜨거운 열의 기운으로 몸속의 찬 기운을 잡아 내는 것이 치료의 핵심이라고 합니다.

한약으로 양기를 보충해 가면서 매 끼니 따뜻한 국을 먹어 땀을 흘리고, 매일 반신욕을 하고, 꾸준히 운동을 하며, 늘 배꼽 주변에 온열 찜질기를 덮고 있고, 외출 시에는 핫팩을 붙여서 찬 기운에 노출되는 것을 막는다면 충분히 치료할 수 있는 병으로 보고 있습니다. 난치병으로 부르는 것에 동의하지 않습니다.

사실 서양에서도 크론병을 냉장고병(냉장고 안의 찬 음식을 먹음으로 발병했을 가능성)으로 부르기도 합니다. 그리고 상대적으로 추운 북유럽의 나라에 환자가 많다는 기록도 있습니다. 이 역시 찬 것과 관련이 있습니다.

그렇다면 저는 의료진에게 거꾸로 묻고 싶습니다. 원

이가 처음 크론병을 진단받았을 때, 담당의사는 장의 염증을 줄이기 위해서 일반 음식이 아닌 가루 형태의 식사 대용제를 먹을 것을 권했습니다. 어린아이의 분유 같은 성분이었습니다. 그것이 다소 느끼하고 먹기 힘드니, 찬물에 타서 마시라고 방법을 알려 주었습니다. 그 대체재를 몇 주 동안 시원하게 먹었습니다. 그때는 그게 최선이려니 생각했습니다.

하지만 이는 원이의 상태를 더 악화시켰을 수 있는 일이었습니다. 그 시점에 도원장님의 치료법으로 대처했더라면, 그렇게 고생을 시키지 않았을 것 같습니다. 그래서 한편으로는 겁이 납니다. 또 다른 초기의 크론병 환자가 원이가 지나온 길을 다시 밟게 되지 않을까 말입니다. 물론 그 당시의 주치의가 일부러 그런 것은 아닙니다. 지금까지 알려진 유일한 치료법이었기에, 원이에게 그렇게 처방을 내려 주었던 것입니다.

다른 병원으로 전원을 와서도 똑같은 처방을 받았습니다. 원이를 한의학으로 치료하고 싶다고 담당 주치의에게 말을 했을 때, 전혀 가능성 없는 치료라고 저를 말렸던 것도 주치의가 보기에는 한 치의 가능성도 없다고 판단했기 때문입니다.

하지만 수술 없이는 절대 누공이 막아질 수 없고 염증이 줄어들지도 않을 거라고 했으나, 원이는 수술 없이 누공을 막아 냈고 지금까지도 잘 회복하여 생활하고 있습니다. 그 당시의 처방에 대해 잘잘못을 말하고자 함이 아닙니다. 원이가 겪었던 치료법과 생활 방법이 다른 환우에게도 좋은 방향으로 쓰이길 바랄 뿐입니다.

앞으로 종합병원의 많은 크론병 주치의들이 식사대용제를 마실 때 찬물이 아닌 따뜻한 물을 권하면 어떨까요? 장에 찬 것이 좋지 않다는 것을 인지하고, 모든 음식과 물과 영양제를 따뜻하게 먹도록 하는 생활 지침을 알려주면 어떨까요? 인터넷에서 크론병 환우들의 댓글을 보면 아직도 이런 방식으로 찬 영양제를 먹고 있는 것 같습니다. 염려가 많이 됩니다.

원이는 크론병 환우들 중에서도 아주 심한 중환자였

습니다. 그런 원이가 잘 치료가 되어 건강을 회복했습니다. 그렇다면 초기의 다른 크론병 환자들은 원이보다 더 짧은 시간에 수술 없이 치료도 가능할 것도 같습니다. 크론병 환우나 가족이 인연이 되어 이 글을 보시게 된다면 반드시 원이의 치료법을 참고해 보시면 좋겠습니다.

건강 100세 시대라고 합니다. 인간의 수명이 많이 연장되었습니다. 원이의 투병으로 알게 된 생활 습관은 건강한 삶을 위해 우리 모두에게 필요한 것들이었습니다. 어찌 보면 모든 병은 우리가 간과하고 있는 저체온에서 시작되고 있는지도 모르겠습니다. 체온 1도만 올려도 면역력이 좋아지고 건강해진다고 말하는 서적들이 많은 걸 보면, 이는 사실인 것 같습니다.

돌이켜 보면 원이도 본인의 체온을 올리려는 노력을 끊임없이 해서 면역력을 높였고, 건강을 회복했습니다. 체온 올리기는 무병장수로 가는 가장 중요한 습관인 것 같습니다. 여러분들도 체온을 높여서 건강한 삶을 누리시길 기원합니다.

한 가지 더 중요한 것이 있습니다. 지금 우리가 사는 세상에는 검증이 안 된 가짜 정보들이 넘쳐 나고 있습니다. 또 환자의 절박함을 이용해 돈벌이를 하려는 사람들도 많이 있습니다. 반드시 꼼꼼하게 검증을 해 보시기 바랍니다.

모든 아픈 이들에게 희망을

〈배독생기한의원〉 도영민 원장

위의 제목은 중증 환자들을 보면서 내가 모토로 삼은 말이다. 원이 또한 여느 환자들과 다를 바 없었다. 다만 원이에게는 처절한 부성애를 가진 아버지가 있었다.

부서질 것처럼 야윈 몸에 핏기 없는 피부, 얼굴의 절반을 담은 눈에 속삭이는 듯한 힘없는 목소리, 이것이 원이의 첫 모습이었다.

장에 염증이 들어 밥조차 먹을 수 없는 아이, 배고픔조차 잊은 아이, 아파도 소리지르지 못하고 눈물만 흘리는 아이, 그 아이가 치료받는 모습을 지켜보고 있는 아버지. 부녀는 내 기억 속에 그렇게 남아 있다.

그들이 센토사에서 한 번 더 삶의 도약을 꿈꾸고, 원이가 배가 아프다는 말이 아닌 키가 크고 싶다고 말하는 것. 이런 평범하지만 소중한 것들이 모든 환자들이 바라는 희망이자 기적이 아닐까.

이 책은 불치병을 가진 자식을 수술대에 올리지 않기 위해 치료하는 과정에서 겪은 아버지의 의학적인 갈등, 감정적인 고민, 정신적인 고통을 고스란히 담고 있다. 모든 의사가 반대하는 한의학 치료, 그것을 선택하기까지의 갈등, 자식을 살리기 위해 자식보다 더 간절했던 아비의 노력, 그 고독하고 두려웠던 긴 시간들의 과정이 담겨 있다.

서양 의학의 표준화된 치료법인 수술에 절망하는 환자가 비단 원이만은 아닐 것이다. 나 또한 이 원고를 읽으며, 원이 그리고 원이와 비슷한 상황에서 나를 찾아온 많은 환자들의 모습이 기억 속에서 지나갔다. 이 책이 그들에게 위로가 될 수 있다면, 작은 희망이 될 수 있다면 좋겠다는 것이 내가 원고 청탁을 선뜻 받아들인 이유이다.

이 책이 수많은 아픈 이들에게, 아픈 자식을 가진 부모에게, 나아가서 서양 의학의 치료에 절망하고 좌절하는 모든 이들에게 희망이 될 수 있기를 바란다. 그리고 원이와 그의 아버지 김홍석 작가에게 한의사로서, 또 주치의로서 감사와 존경을 표한다.

원이의 크론병
치료과정

원이를 처음 만났을 때

내가 원이를 처음 본 것은 원이의 크론병이 시작된 지 거진 2년 정도가 흐른 때였다. 고열로 병원에서 퇴원하지 못하다가 겨우 아버지의 손에 이끌려 한의원에 온 원이는 크론병 환자의 전형적인 모습을 하고 있었다.

당시 원이는 만으로 열다섯 살 어린 나이였는데, 무려 20kg이라는 막대한 체중의 결손이 있었다. 너무 마르고 야윈 상태로 핏기 하나 없는 모습으로 한의원에 내원했다. 이것은 오랜 복통과 설사의 결과였다. 내원한 첫날도 복통과 무기력증으로 앉아서 진료를 하기에는 무리가 있어, 치료실 병상에 바로 눕힐 수밖에 없었다.

내원 당시 원이는 38.5도의 고열이 나면서도 심하게 추워했고, 상중하의 복부 전 부위에서 심한 통증을 호소했다. 체중 부족이 심한 아이가 고열이 계속 되었다면, 온 조직과 장기들은 진액이 메마를 수밖에 없다. 쥐어짜는 듯한 통증을 호소하는 원이의 복직근은 단단하게 경직되어 있었다. 음식을 오랫동안 넣지 못한 위장이 말라 비틀어져 빳빳하게 굳어져 경련하고 있었음이다.

당시 원이는 수축기 혈압이 82, 이완기 혈압이 45 정도로 심한 저혈압 상태였다. 이것은 심장이 아주 약하게 박동할 뿐 아니라, 혈관, 근육, 피부 조직이 심장으로부터 충분한 혈액 공급을 받지 못해 모든 조직의 무기력 상태가 심하다는 의미였다. 원이의 손목에서 서둘러 맥을 짚어 보았다. 맥이 너무 약하고 가늘었다. 보통 사람의 반의 반도 안 되는 맥의 크기에, 맥 안의 혈류 상태는 손가락 끝에서 가늠할 수 없을 정도로 약했다.

원이 또래의 아이들은 몸의 대사가 활발하고 성장하는 시기이기 때문에, 심장이 성인에 비해 약간 빠르면서 맥벽이 탄력 있게 통통 치는 모습을 보인다. 하지만 원이는 그렇지 못했다. 한의원에 오는 노인들보다도 가늘고 약한 맥이었다. 너무 얇고 가는 맥, 한의학에서는 이를 세맥細脈이라 하고, 너무 약한 맥을 약맥弱脈이라고 한다. 이것이 만성화되어 더욱 힘이 빠지게 되면, 곧 끊어질 것 같은 거미줄처럼 느껴지는 맥인 미맥微脈이 나타난다. 원이의 맥이 그랬다. 원이의 가늘고 힘이 없고 끊어질 듯한 맥은 원이의 오랜 허약 상태를 뚜렷하게 알려주고 있었다.

정상적인 사고를 하는 의사라면 이 아이에게 수술을 권할 수는 없었을 것이라고 나는 생각한다. 아이는 허약 상태가 너무 심해, 독한 양약 치료를 더 이상 견딜 수가 없을 것이다. 수술을 견디기가 어려울 뿐 아니라, 수술을 해 봤자 나아질 것이 없었을 것이다. 병원에서는 수술을 권했다고 하지만, 심한 체중 미달과 저혈압 상태에서 마취와 외과적 수술, 그 후 회복이 쉽지 않을 상태로 보였다. 장조직을 절제하는 것은 의사의 몫이겠지만 그 후 회복은 환자의 몫이기 때문이다.

아이는 염증 상황에 간신이 대항하고 있는 상태였다. 하지만 몸은 이미 너무 약하고, 지금의 영양 공급 상태

또한 충분하지 않아 간신히 버티고 있는 상태였다. 이 상황에서 필요한 치료는 최대한 몸을 보강해 주는 것이었다. 나는 바로 원이의 한약을 처방했다.

기력을 최대한 보충해 주기

원이의 첫 번째 한약은 이미 허약해진 인체의 기력을 보충하는 데 주안점을 두었다. 한약을 통해 몸을 따뜻하게 하고 기운을 심장까지 끌어올려, 심장을 통해 전신으로, 모든 장기와 조직으로 기혈氣血을 퍼트릴 수 있도록 하였다. 이것을 한의학에서는 보양補陽(양기를 보강한다)이라고 한다.

양기陽氣를 보강한다는 것은 인체 생명 활동을 주도하는 큰 기운太陽을 보강한다는 의미인데, 양기는 체온을 생성·유지하고 신진대사를 촉진하여 몸을 방어하는 기능을 하고, 전신의 기혈氣血의 순환을 주관하고, 조직과 장기의 기능을 활성화하는 작용을 한다.

아이는 몸이 아주 약한 상태에서 고열이 나고 있었다. 해열제, 항생제를 아무리 투여해도 고열이 잡히지 않는 것은 허약 상태가 근본적으로 보강되지 않았고, 아이의 체온조절 능력이 급감하면서 면역력이 현격히 떨어졌고, 이로 인해 감염과 염증이 계속 진행 중이기 때문이다.

문제의 원인은 허약이었다. 허약을 보강하여야 고열이 잡힐 수 있을 것이고, 그래야 진행되는 염증을 잡을 수 있는 것이다. 이런 아이에게 고열이 난다 해서 해열제나 항생제 같은 찬 성질의 약들을 쓰게 되면, 양기가 더욱 약해지고 심장의 기능이 더욱 저하되기 때문에 아이의 만성 허약 상태와 감염 상태는 계속 진행될 수밖에 없게 된다.

한약의 두 번째 목표는 원이의 소화기 기능을 최대로 끌어올리는 것이었다. 음식을 소화, 흡수할 수 있어야 음식을 통한 몸의 보강이 가능해진다. 위장이 부드럽게 확장되어 음식을 담아 낼 수 있도록 하고, 위장의 기능을 강화해서 음식을 소화·부숙시킬 수 있어야 하며, 위장이 움직일 수 있어야 음식이 장으로 이동할 수 있다. 그래야 원이가 밥을 먹어도 배가 아프지 않을 수 있을 것이다. 나는 위장 기능을 돕는 그런 한약재들을 원이의 한약에 처방했다.

그리고 장의 흡수 기능을 최대한 보강하는 한약재들을 같이 처방하였다. 소장에서 음식을 최대한 흡수할 수 있게, 대장에서는 물을 최대한 흡수할 수 있게 하여, 대변을 묽지 않게 정상적으로 배출시킬 수 있도록 하였다. 그렇게 먹은 음식을 최대한 흡수해야만 흡수한 영양을 통해 원이는 기력을 붙이고 몸을 회복해 나갈 수 있기 때문이다.

대부분의 크론병은 만성 설사를 해결하지 못하는 탓에 장 조직의 손상이 진행된다. 장기간 설사가 지속된다는 것은 이미 장의 기능 저하를 의미하고, 이는 곧 장 조직의 손상이 진행 중임을 의미하는 중요한 지표가 된다. 잘못된 음식 습관이 오래 지속되면서 설사를 반복하고 있다면 크론병의 발병 위험이 그만큼 높아지게 된다.

반복적이고 지속적인 설사로 인해 소화 장애와 복통이 유발되고, 흡수되는 영양이 부족해지기 때문에 체중 감소가 진행된다. 체중 감소는 인체의 허약 상태가 진행 중임을 알려 주는 지표가 된다. 이렇듯 만성 설사, 복통, 체중 감소는 크론병의 3대 중요 증상인 것이다.

꼭 지켜야 하는 생활 수칙들

한약을 처방하며, 보호자에게 몇 가지 원칙을 크게 당부했다.

첫째, 식사량을 최대한 늘려야 한다.

한약은 인체의 양기를 보강하여 허약 상태를 개선하고, 소화흡수 기능을 도와 체중을 늘리는 데 도움은 준다. 하지만 영양 성분을 직접적으로 공급하는 것은 아니기 때문에 체중을 늘리지는 못한다. 영양 성분은 음식으로 공급해야 하는 것이다. 그렇기 때문에 한약을 아무리 먹어도 음식을 먹지 않으면 절대로 체중을 늘릴 수 없는 것이다. 식사량을 계속해서 늘려 나가야 하고, 그래서 체중이 증가하는 모습이 보여야 한다는 것이었다.

둘째, 지시한 범위 안에서 식사를 해야 한다.

원이에게 지시한 것은 소화 흡수가 용이한 탄수화물을 위주로 식사하면서, 따뜻한 국물의 섭취를 최대한 늘리는 것이었다. 탄수화물 위주의 식사는 깔끔하게 소화되어 복통이나 염증을 최소화하면서도 원이에게 빠르게 에너지를 공급할 수 있었다. 따뜻한 국물은 위장을 부드럽게 확장시키며, 빠르게 흡수되어 원이에게 필요한 양기와 영양을 공급할 수 있었다. 이것을 소량씩 반복하여 계속해서 먹일 수 있도록 하였다.

셋째, 온종일 체온을 유지할 수 있도록 아랫배에 따뜻한 핫팩을 부착하고, 매일 반신욕을 한다.

체온은 원이의 초기 치료에 중요한 조건이었다. 체온

은 모든 장기의 기능과 움직임에 관여하며, 면역력을 증강하는 데 중요한 요소이다. 몸에 체온이 떨어지면 심장의 기능 저하와 저혈압 상태가 더욱 악화되고, 조직으로 혈액의 공급도 나빠지게 된다. 쉽게 감염 질환이나 감기 등에 걸려 오한과 발열이 계속해서 반복되게 된다. 만약 열이 나면 이마, 얼굴에서만 식혀야 하고, 전신은 역시 따뜻하게 체온을 유지하는 게 필요했다.

특히 아랫배가 따뜻할 필요가 있었다. 하복부는 장이 위치한 부위이기도 하지만, 한의학적으로 하복부의 단전丹田은 인간 생명의 근원이자 뿌리로, 전신의 양기가 모여서 저장되는 곳이었다. 이곳을 따뜻하게 하는 것이 원이에게 가장 유리한 보온법이었다.

원이와 보호자는 한약 복용과 내가 말한 지시들을 따라오기 시작했다. 반신욕을 하기 힘들면 족욕을 하는 한이 있더라도 내가 준 원칙들을 지키려고 노력했다.

한의원에도 2~3일 간격으로 내원했다. 증상이 심할 때는 더 자주 내원하기도 하였다. 한의원 치료는 원이의 그날그날의 불편한 증상들을 해결해 주기 위해서였다.

주로 침과 약침을 사용했다. 부항이나 뜸을 병행할 때도 있었다. 한약은 인체의 불균형, 허약 상태, 병적인 상태를 지속적으로 보강 또는 조절하기 위함이고, 침구 치료는 현재의 증상을 빠르게 해결해 주기 위함이었다. 나는 소화기의 긴장과 복통을 해결하여 원이가 그날의 섭식에 집중할 수 있도록 도왔다.

치료를 잘 따라와 줄까 하는 나의 걱정과는 달리, 원이는 한약과 식사를 잘 받아들였다. 음식량은 부족했지만 계속 늘리려고 노력하고 있었고, 한약을 먹고 복통이나 구역감이 발생하지 않았다. 다행스럽게도 원이는 금방 정상 변을 보기 시작했다. 2주가 지나자 정상 변을 대체로 유지할 수 있었다. 약에 대한 반응은 좋았다.

문제는 복통이었다. 원이를 관찰해 보면 원이의 복통은 음식을 먹을 때보다는 주로 저녁에서 밤중에 시작되었다. 음식에 대한 반응으로 나타난다기보다는, 저녁에서 밤중에 체력이 고갈되는 시점에서 복통이 시작되곤

했다. 체력을 더욱 빠르게 증강할 수 있어야만 했다. 식사량과 단백질 섭취량을 늘리면서 영양 공급과 체력을 높이도록 하였다.

한 달이 지난 시점에 원이의 대변량이 늘었다. 대변을 안 보는 날도 있었다. 정상 변을 보거나 대변을 보지 않는 날이 반복되었다. 크론병 환자에게 정상변을 반복해서 유지하는 것은 아주 좋은 반응이다. 이것은 크론병의 원인인 설사를 교정했다는 의미로 장의 소화·흡수 기능이 정상화되고 있고, 이로써 더 이상은 장 조직 손상이 진행되지 않는다는 의미가 되었다. 원이는 그만큼 호전 단계를 밟고 있었던 것이다.

장 절제수술의 갈림길에 선 보호자

치료한 지 채 두 달이 되지 않아 원이는 체력이 어느 정도 붙었고, 개강에 맞추어 학교에 갈 예정이라고 하였다. 삶에 대한 의지가 보였다. 원이는 온라인 강의부터 들기 시작했다. 하지만 원이는 힘에 부치는 듯 보였는데, 아직 충분한 체중이 확보된 것은 아니기 때문이었다. 간혹 배가 아프다 하였고 설사를 하는 날도 있었다.

그런 상황이 반복되던 어느날, 소변을 볼 때 요도 끝이 아프다고 얘기하기 시작했다. 통증을 호소한 지 며칠이 지나 소변으로 분비물이 배출되기 시작했다. 누공이 소장에서 방광으로 발생한 것이다. 병원에서는 급히 인공항문 수술을 하자는 소견이었고, 나는 보호자의 다급한 전화를 받게 되었다.

원이의 나이와 현재 몸의 상황을 고려하였을 때, 장루수술은 적합하지 않았다. 원이가 살아갈 날들이 많기에 인공항문은 마지막 수단이어야만 했다. 염증 수치나 소변의 분비물 양은 내가 그간 치료했던 환자들에 비해 중하지 않았다.

나는 그동안 크론병으로 인해 다양한 부위로 누공이 발생한 환자들을 보았고, 그들의 증상을 치료해 주었다. 그들 대부분은 체중 미달로 인한 조직의 협착과 이미 진행된 장조직의 손상 때문에 누공이 발생되고 있었다. 원이는 아직 이러한 상태를 벗어나지 못했기 때문에, 몸이 피로하거나 치료의 강도가 조금이라도 약해지면 다양한 증상이 발생할 수 있는 것이다.

원이가 입원한 상태이기 때문에 염증과 감염에 대해서 병원 쪽에서 통제가 되고, 나는 원이의 허약해진 조직의 재생력만 더 강하게 보강해 준다면 누공을 더 빠르게 회복할 수 있을 거라고 예측했다. 병원에서 수술을 재촉하였기에 나 또한 빠르게 문제를 해결해야 했다.

조직을 빠르게 재생하며 염증을 통제하는 처방을 복용시키고, 매일 원이의 체온과 증상, 소변을 체크하도록 했다. 보호자는 한 번 더 나를 따라오며 원이를 관찰해 주었다. 통증이 점차 줄며 소변을 배출하는 것이 수월해지기 시작했고, 소변으로 배출되던 분비물 양이 줄어드는 것이 점차 육안으로 확인되었다.

한 달이 지나고서야 소변 검사에서 분비물이 확인되지 않았고, 염증 수치도 정상 수치 안으로 회복되었다.

나와 치료를 시작한 원이에게 큰 고비였고, 원이와 보호자는 잘 이겨내 주었다.

일반적으로 대부분의 환자와 보호자들은 이런 순간이 왔을 때, 병원에서 권하는 수술을 받게 된다. 일개 동네 한의사로밖에 보이지 않는 나의 이야기보다는 큰 종합병원에 있는 내과 과장의 말이 훨씬 더 권위가 있어 보이기 때문이다. 물론 수술을 권하는 의사들의 '죽을 수 있다'는 엄포도 환자의 보호자들이 수술에 동의할 수밖에 없게 만드는 이유 중에 하나일 것이다.

회복, 건강을 유지시키는 치료 원칙들

그 이후로 원이는 잘 회복하여 퇴원을 하였다. 퇴원하고는 체중을 늘리는 데 주력시켰다. 체중을 늘리지 못하면 결국 조직의 결손은 언젠가는 문제를 일으킬 수 있기 때문이다. 감기에 걸리든, 코로나에 걸리든, 음식을 잘못 먹든, 피로하든, 그 어떤 자극도 원이에게 다시 문제를 일으킬 수 있었다.

　원이는 소고기, 닭고기와 같은 육류 섭취를 늘리고, 빵이나 떡 같은 간식과 영양제를 같이 섭취하며 점차 체중을 늘려 갔다. 퇴원한 지 3개월 만에 원이는 체중을 10kg이나 늘릴 수 있었다. 학교도 다니기 시작했다. 컨디션이 안 좋은 날에는 학교에 가지 않았지만, 이것 또한 건강을 회복하는 중에 컨디션이 좋지 않은 날은 '휴식을 최우선으로 한다'라는 치료 원칙에서였다.

　한약을 6팩씩 먹으며 매일 반신욕을 하고, 아랫배에 핫팩을 붙이며 그렇게 계속해서 치료해 나갔다. 소화 기능을 계속 살피면서 원이는 찬 음식, 아주 기름진 음식을 제외하고 일반적인 식사를 할 수 있었다. 원이는 퇴원한 지 1년 만에 15kg을 늘릴 수 있었다. 이 즈음에 원이는 가끔 경과 체크할 때만 한의원에 들렀다. 가끔씩 보는 원이는 못 알아볼 정도로 살이 붙어 가고 있었다.

　원이에게 설사, 소화 장애, 복통의 큰 증상이 없이 몸무게가 50kg까지 늘어나자 나는 한시름 놓을 수 있었다.

몸이 지방을 축적해 나갔다는 것은 몸의 상황이 아주 안정적임을 의미했다. 체중이 늘어날수록 원이의 몸은 예전과는 다르게 외부 자극이나 내부의 문제 상황을 극복하는 힘이 증가했다. 약간의 냉기에도, 약간의 피로에도, 약간의 스트레스에도, 약간의 잘못된 음식에도 예민하게 반응하던 몸은 이제는 사소한 자극에는 어떠한 증상도 유발하지 않았다. 원이는 그렇게 장조직을 회복해 나갔다.

크론병에
대하여

크론병은 불치·난치병이 아니다

크론병은 입에서 항문까지 이어지는 소화기 전반에 염증이 생기고, 그 염증이 낫지 않아 만성적으로 진행되는 병을 말한다. 서양 의학에서는 이를 난치병이라 규정했지만, 나에게 크론병은 충분히 치료할 수 있는 병이다. 모든 병은 반드시 원인이 있고, 원인을 제거하면 낫지 않는 병은 없다.

서양 의학에서는 크론병의 원인을 아직 정확하게 알지 못한다. 다만 그들은 크론병이 '자가면역질환일 것이라고 추측'하고 있을 뿐이다. 자가면역질환으로 보고 있기 때문에 서양 의학의 치료는 면역을 억제하는 데 초점이 맞춰져 있다. 스테로이드, 면역억제제, 항염제 등을 통해 크론병을 치료하고 있지만, 유감스럽게도 이러한 약물로는 크론병이 치료되지 않는다. 오히려 이러한 약물을 복용한 환자의 50% 이상이 악화되어 장을 절제하는 수술을 받는 결과가 도출되었다. 원인을 정확하게 알지 못하고, 면역을 억제해도 낫지 않는 병이기 때문에 크론병은 난치질환으로 등재된 것이다.

하지만 크론병의 3대 증상인 만성 설사, 복통, 체중감소는 철저하게 잘못된 음식 습관에서 비롯된 것이다. 특히 설사를 유발하는 찬 성질의 음식을 평소에 즐기는 습관이 문제인 것이다. 여기에 소화가 용이하지 못한 인스턴트 음식이나 기름진 음식, 튀긴 음식 등을 먹으면서 복통과 소화장애를 더욱 가중시키고 있는 것이다. 크론병이 소화기 계통에만 나타나는 '만성 염증성 장질환'이라는 것은 이 병이 철저하게 음식과 관련된 원인을 기반으로 하고 있음을 보여 주는 반증인 것이다.

면역 세포의 비정상적인 이상 반응으로 장조직을 항원으로 인식해서 공격한다는 '자가면역질환'이라는 것은 애초에 크론병의 원인과는 거리가 먼 것이라고 나는 판단한다. 서양 의학의 치료 결과가 이를 확인시켜 주고 있는 것이다.

왜 크론병이 난치, 불치질환이 되어야 하는 것인가! 크론병 환자들의 잘못된 음식 습관을 개선하고, 이미 허약해진 장조직을 복원해 준다면 크론병은 반드시 치료되는 생활 습관병 중에 하나일 뿐이라는 것이 나의 생각이다. 지금까지 나는 이 같은 방식으로 많은 크론병 환자들을 치료해 주었고, 지금도 이러한 원인론을 기반으로 치료해 가고 있다.

이 병을 치료하기 시작하던 때가 생각난다. 나는 이미 아토피, 수두증 환자들 치료만으로도 매일이 바쁘고 버겁던 때였는데, 어느 날 동료들과 저녁식사를 하면서 TV에서 크론병에 대한 방송을 보게 되었다. 대학병원에서 장을 절제하고 있는 의사들의 모습과, 그들을 명의라고 하면서 수술받은 환자들의 모습을 보여 주는 그런 내용이었다. 그러면서 크론병은 자가면역질환이고 난치질환이지만, 항염제나 스테로이드, 면역억제제 등으로 잘 관리하고 지내다가, 악화되면 수술해야 하는 병이라는 이야기들이 흘러 나왔다.

나는 그 방송을 보면서 약간의 짜증이 일며, "크론병이 뭐가 난치 불치질환이야! 한의학의 입장에서는 크론병은 절대 난치 불치질환이 아니야!"라는 말을 했었다. "그럼 원장님이 크론병 환자들을 치료해 주시면 되잖아요. 왜 안 하세요?" 그 말을 들은 동료가 나에게 말했다. "좋아, 그럼 내가 치료해 줄게." 이것이 내가 크론병 치료를 시작하게 된 이유다. 벌써 15년 전의 일이다.

하지만 15년 전이나 지금이나 크론병은 여전히 불치병으로 남아 있고, 아직도 크론병 환자들은 독한 주사를 견디다 결국 수술대 위에 오르고 있다. 서양 의학에서 크론병을 바라보는 시각은 그때나 지금이나 크게 달라진 것이 없다. 왜 이토록 오랜 기간 동안 크론병 환자들은 낫지 못하고 있을까? 왜 서양 의학은 임상적 성과를 내고 있지 못하는가? 환자들의 고통은 어떻게 해야만 해결될 수 있을까?

크론병의 원인

나는 그 문제를 해결하기 위해 크론병의 원인부터 고민하기 시작하였다. 모든 병은 원인이 있다. 서양 의학에서 크론병이 불치 난치질환이고 환자들이 낫지 못한다면, 그것은 치료법의 문제이거나 원인 설정에 대한 문제가 있기 때문이다.

서양 의학에서는 오랜 기간 동안 크론병을 자가면역질환이라 가정하여, 면역과 염증을 통제하는 치료법을 사용해 오고 있다. 하지만 그들의 치료는 실패했고, 그 실패의 결과로 크론병이 난치 불치질환이 된 것이다.

그럼 무엇이 문제였는가? 자가면역질환이라는 원인론과 그에 따른 면역억제제의 투여, 이 중 적어도 하나는 잘못된 것이다. 어쩌면 둘 다 잘못된 것이기에 난치 불치질환이 된 것이기도 하다.

하지만 면역억제제는 실제로 인체의 면역을 억제하는 약성을 발휘하기 때문에 치료제의 약성의 문제는 아니라는 것을 알 수 있다. 그렇다면 크론병이 자가면역질환이라는 원인론이 틀렸다는 것을 알 수 있다. 크론병이 자가면역질환이라는 것은 잘못된 가정이고, 자가면역질환이라는 것조차 실재하지 않는 가설에 불과하다. 왜냐하면 아직 크론병이 자가면역질환이라는 어떠한 증거도 발견되지 않았기 때문이다.

서양 의학에서는 크론병의 원인을 찾지 못했다. 면역반응에 의해 장조직이 파괴되는 것은 확인했지만, 그 파괴되는 조직에서 원인이 되는 항원을 아무것도 발견하지 못했기 때문이다. 면역반응을 일으키는 항원을 찾아내지 못한 것이다.

인체는 왜 장 조직을 파괴하는가? 그것은 비정상적인 장조직이기 때문이다. 비정상적인 장조직이기 때문에 인체의 면역체계가 파괴할 수밖에 없는 것이다. 염증 반응이란 면역 반응이고, 이는 인체 조직이 비정상적인 상황이 되었을 때 그 부위로 혈액 공급을 증가하기 위해 혈관이 확장되고, 발열 반응이 생기고, 통증이나 부종을

형성하게 반응을 하는 것이다. 이는 비정상적인 조직을 제거하고 새로운 조직을 재생하기 위한 일체의 일련의 방어기전이다. 여기에 면역 세포들이 관여하여 그 일을 수행하는 것이다.

대개 염증 반응은 나쁜 것이라고 생각하는 일반인들이 많지만, 실제로 염증 반응은 인체를 방어하는 좋은 반응인 것이다. 문제는 왜 그 조직이 손상받았는가 하는, 원인 제공자에게 있는 것이다. 그 원인 제공자를 찾는 것, 그것이 그 병의 원인을 찾는 일이 되는 것이다. 그러니 면역 세포의 잘못이 있다는 것은 애초에 오류라고 볼 수 있다.

크론병 환자들의 초기 내시경을 보면, 손상된 조직은 범위가 일부 국한되어 존재한다. 면역 체계가 교란되어 모든 장 조직을 널리 파괴한 것이 아니다. 어딘가가 변성되고 변형되어 있는 비정상적인 조직을 면역 체계가 작용해 파괴하게 되고, 그 모습이 조약돌이라는 특정 양상을 띨 때 크론병을 진단받는 것이다.

그런데 아무 자극 없이 스스로 비정상적으로 변성되

는 조직은 없다. 자극이 가해졌기 때문에 변성된 것이다. 크론병은 소화기계의 병이다. 그리고 모든 환자가 설사·복통을 시작으로 병이 진행된다. 그렇다면 소화기에 병을 일으키는 가장 큰 자극, 그 원인은 음식이 된다. 소화되어 장으로 넘어온 음식, 이것이 설사와 복통을 유발하는 제 일의 원인이지만, 서양 의학에서는 소화된 음식은 항원이라고 절대 생각하지 못하는 것이다.

찬 음식이나 아이스크림을 잔뜩 먹으면 설사를 하고 장염이 생기는 것은 어린아이도 아는 상식이다. 찬 음식을 잔뜩 먹어서 설사를 하면, 따뜻한 음식을 먹으면 된다. 원인은 아이스크림, 이것이 가지고 있는 냉기이다. 찬 음식을 많이 먹었으니 소화기 계통도 차가워지는 것은 당연한 일이다. 또한 찬 음식을 속에서 따뜻하게 덥혀서 흡수하지 못했기 때문에 설사로 배출되는 것도 당연한 일이다. 여기에서 당연하지 않은 일은, 설사를 자주 하는데도 지속적으로 찬 음식이나 소화하기 어려운 음식을 반복적으로 먹는 '잘못된 음식 습관'인 것이다.

크론병이 만성적인 설사를 기반으로 발병한다는 것을 기억해야 한다. 이는 반복적으로 설사를 유발할 수 있는 음식을 계속해서 먹고 있었기 때문이라는 것도 기억해야 할 일이다. 찬 음식으로 인체의 소화기계가 손상받았기 때문이 이를 다시 따뜻하게 해주고, 손상받은 양기를 회복시켜 주어야 하는 것이 당연한 치료법이다. 이를 한의학에서는 '온중보양溫中補陽(위장을 따뜻하게 하여 양기를 보강하여 설사를 잡는다)'이라고 한다.

장에 염증이 있는 장염이라 해서 염증과 면역을 통제하는 항생제 등의 성질이 찬 약을 넣는 것은 근원적인 치료가 아니라 대증치료(증상에 대한 치료)일 뿐이다. 병의 근원을 놓치고 증상만 잡으려 하니, 병이 진행되는 것이다.

크론병의 치료 방향

크론병 환자들의 장을 내시경으로 관찰해 보면 허옇게 팅팅 부어 있거나, 붓다 못해 툭툭 조약돌처럼 튀어나와 있거나, 거기에 염증이 생기고 마찰이 생겨 궤양이나 출혈이 발생하거나, 그러다가 그 직경이 좁아져 있다. 장은 냉㈎해서 물을 흡수하지 못하는 상황, 부종처럼 정체된 상황, 그래서 염증화된 모습을 그 모습 자체로 보여주고 있다. 그 냉기, 그로 인한 조직액의 정체濕痰, 그것이 크론병의 원인이고 치료해야 할 방향인 것이다.

동물들의 소화기계는 배설이 아닌 흡수를 위주로 진화 발달해 왔다. 사람도 마찬가지다. 이는 먹은 음식을 최대한 소화·흡수하기 위해서이다. 문제는 이러한 소화기계에 찬 성질의 음식을 지속적으로 공급하는 것이다. 장은 찬 성질의 음식이라도 흡수하려고 노력한다. 하지만 그것도 한계가 있는 것이다. 결국 설사라는 한계 상황을 맞이하게 되는 것이다. 정상적인 대변의 수분 함량이 70%인데, 물설사는 수분 함량이 80% 이상이다. 이는 물을 흡수하지 못한 탓이라는 것을 알 수 있다.

한두 번의 설사가 아닌 몇 주 몇 달을 반복적으로 설사를 하게 된다면, 장조직은 더 많은 수분을 흡수하려고 노력하지만 결국 한계에 부딪치고, 장 점막에는 다량의 수분이 정체되는 상황이 되는 것이다. 흡수하지 못하기 때문이다. 그러니 장점막이 팅팅 부어 있는 모습을 내시경에서 볼 수 있는 것이다.

이것이 크론병 환자의 장점막 비후라는 것이다. 심한 부종이 장조직에 발생된 것인데, 이는 분명한 물의 정체 반응이다. 즉, 조직액의 정체가 장점막에 발생된 것이다. 이런 상태가 되면 조직으로 혈액 공급이 원활해지지 못하고, 그로 인해 장조직의 회복이 느려지게 된다. 그럼에도 불구하고 찬 음식을 중단하지 않고 계속 먹게 된다면 설사 증상은 반복되고, 장조직의 손상은 더욱 가중된다.

또한 소화는 더욱 불량해지고 복통이 반복되고 체중도 감소하게 된다. 이런 상태를 지속하게 되면 결국 크론병이 되는 것이다. 이는 명백한 음식의 잘못이니, 설사나 복통을 유발할 수 있는 음식을 먹었기 때문에 설사를 한 것이다. 당연한 결과이다.

그럼 왜 서양 의학에서는 이를 자가면역질환으로 보

는 것인가? 그들은 이미 손상된 장조직을 검사한 것이다. 장조직에 점막 부종으로 인한 다량의 수분이 함유되어 있고, 조직 손상을 회복하기 위해 많은 면역 세포들이 유입된 것을 검사로 확인할 수 있다.

그들이 주목한 것은 다량의 수분이 아니라 많은 면역 세포들이었다. 면역 세포는 염증을 유발하는데, 그러기 위해서는 항원이나 독성 물질, 기타 세균이나 바이러스 등이 존재해야 한다.

그들은 열심히 크론병 환자들에게서 이러한 것들이 나와 주기를 기대하면서 검사를 했다. 하지만 유감스럽게도 아무것도 나오지 않았다. 항원이 존재하지 않는데도, 어떠한 세균이나 바이러스가 없는데도, 면역 세포들이 이렇게 많은 이유에 대해서 그들은 전혀 엉뚱한 결론을 내었다. 그것이 바로 '면역 세포들이 미쳐서 인체의 장조직을 아무런 이유도 없이 공격한 것이다'라는 '자가면역질환'을 이야기한 것이다.

인체를 방어하고, 외부의 세균과 바이러스를 공격하

고, 변형된 세포 조직을 파괴하고 다시 회복시켜 주는 임무를 맡은 면역 세포들에게 죄를 뒤집어 씌운 것이다. 하지만 면역 세포들은 아무런 잘못이 없다. 그들은 그들의 역할을 충실히 수행하고 있었던 것이다. 다량의 수분을 머금은 장 조직은 혈액 공급을 받지 못해서 조직이 손상받고 있었고, 인체는 이를 복원하기 위해서 장 조직의 혈관을 확장시켜서 혈액을 더욱 공급하려고 노력했다. 하지만 지속적으로 찬 음식과 소화에 용이하지 못한 음식이 공급되면서 그들의 방어 능력도 한계를 맞이한 것이다. 만성 설사와 복통이 이를 증명해 주는 것이다.

그러니 이제부터라도 죄 없는 면역 세포를 더 억제하는 약물 투여는 중단되어야 한다고 나는 생각한다. 50년 이상 크론병 환자에게 항염제, 스테로이드, 면역억제제를 투여했지만, 그 결과는 비참했다. 더 이상 낫지 않는다는 것이 확인된 면역 억제제를 크론병 환자들에게 투여하는 일은 그만 두어야 정당한 과학적 사고라고 할 수 있는 것이다.

크론병 치료의 한의학적 접근

서양 의학이 크론병 치료에 범하고 있는 많은 오류들부터 바로잡아야 크론병을 치료할 수 있다고 나는 생각했다. 그래서 환자들의 치료에 적용하기 시작했다.

환자들에게 크론병의 주원인인 음식을 통제시켰다. 소화흡수가 가장 용이한 음식들로 시작했다. 깔끔하게 소화되는 음식을 섭취하게 하고, 이를 통해 장의 염증이나 설사 복통의 증상이 진행되지 않도록 했다. 음식을 먹은 후 몸에 나타나는 변화를 24시간 동안 체크했다.

증상을 없애는 음식은 탄수화물 위주의 음식이면 충분했다. 그렇지만 몸에 살을 붙이고 장 조직을 재생할 수 있는 양질의 음식은 체질 음식이라는 개념이 필요했다. 그래서 나는 크론병 환자들의 식단을 단계에 따라 1, 2, 3차로 나누고, 체질식이라는 개념을 도입하여 지시하기 시작했다.

이렇게 병의 원인은 통제했지만, 재생하지 못하여 파

괴되고 있는 조직을 복구할 수 있어야 했다. 각 환자마다 몸에서 문제가 되는 것들을 교정하기 위한 한약을 투여하기 시작했다. 냉하고 힘이 빠진 장에 힘을 넣어 주어야 했고, 장의 기능을 보강하고 장을 따뜻하게 하여 음식과 수분의 흡수를 높이는 약을 투여하기 시작했다.

염증이 과도하여 증상이 극심한 환자는 염증을 통제해 줬다. 만성적으로 허약해져 장을 복구할 수 없는 환자들에게는 허약함을 보강하고 장을 재생할 수 있도록 도와줬다. 그리고 아랫배를 최대한 따뜻하게 하도록 했다. 반신욕을 시키고, 아랫배에 핫팩이나 뜸 같은 것들을 부착하도록 했다. 하루종일 장이 물리적으로 따뜻할 수 있도록 그렇게 지도했다.

이렇게 환자들을 치료하니, 대개의 환자들은 3개월 이내에 증상을 회복하고 체중을 늘릴 수 있었다. 증상을 잡은 이후로는 장을 복원하는 데 초점을 맞추기로 했다. 장을 복원하기 위해 음식을 점차 체질식을 결합하여 다양하게 섭취하도록 했고, 나 또한 음식의 소화 기능을 도

우며 장에 혈액 공급을 늘려 장 조직을 복원하는 한약 치료에 더욱 집중했다. 또한 약해진 인체를 보강하여 혈액 순환이 좀 더 증폭될 수 있도록 환자들에게 유산소 운동을 병행시켰다.

6개월 정도가 지나자, 환자들은 안정적인 상황에서 치료와 일상 관리를 병행해 나갔다. 이때 서양 의학쪽 치료는 거의 중단된 상태였다. 면역을 억제하는 치료는 나와 환자들에게 필요하지 않았다. 면역을 억제하면 손상된 조직은 절대 재생할 수가 없으니까.

6개월에서 1년쯤 경과한 환자들의 장을 내시경으로 다시 촬영하여, 한의원으로 내원시켰다. 허옇게 퉁퉁 부어 좁아져 있던 장은 혈관이 보이고 부종이 빠져 넓어져 있었다. 피가 나서 씨뻘겋고 꺼멓게 조직이 망가져 있던 장은 조직이 회복되면서 선홍빛 장의 본래 모습을 갖추고 있었다.

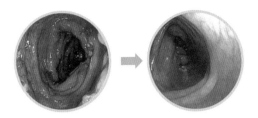

대장 점막의 부종이 빠지고,
혈액 정체, 발적, 출혈 등의 염증 상황이 회복된 모습

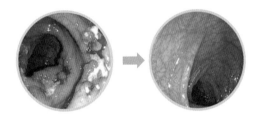

자갈밭 모양의 손상된 장조직이 회복되면서
장점막의 혈관 상태가 정상적으로 회복된 모습

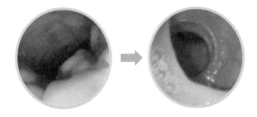

장점막이 부어 혈관이 소실된 상태에서
부종이 빠지고 혈관 상태가 정상적으로 회복된 모습

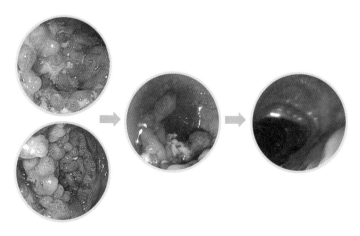

장의 염증이 심해 협착으로 진행되었던 장이 회복되는 모습

　그랬다. 크론병은 면역 체계가 미쳐 돌아 자기 몸을 공격하는 병이 아니었다. 변형된 조직을 파괴할 수밖에 없는 면역 체계였고, 파괴될 수밖에 없는 환자들의 재생력 저하가 문제였다. 나와 환자가 이것만 함께 교정해 나갈 수 있다면, 크론병은 완치가 가능한 병인 것이다.

　자가면역질환. 과연 그 실체가 존재할 리 없다. 자기의 몸을 적으로 인식하여 자기 몸을 공격하는 '자가면역질환'. 진화론적으로 수백만 년 동안 고도로 진화해 온

인간에게 이런 것이 존재할 수 없다. 자가면역질환이 존재했다면, 인간이라는 종은 진작에 멸종했을 수밖에 없다. 후천적으로 자기 몸을 스스로 파괴했다면, 그 파괴된 조직은 이미 정상적인 자기의 조직이 아니다. 어떤 변형과 변성이 있는 조직, 그것에 내 면역 체계가 작용했을 뿐이다. 크론병뿐 아니라 모든 자가면역질환으로 치부되는 질환들 또한 마찬가지이다.

서양 의학의 크론병에 대한 치료는 너무나도 타성에 젖어 있다. 의사도, 환자도 그 관성에 의해 '크론병은 당연히 진행되는 것'이고, '약물 치료는 평생 해야 하는 것'이며, '악화되면 절제 수술을 해야 하는 것'이라고 생각하는 비통한 현실이다.

이 비상식적인 타성에서 벗어날 때, 환자들은 비로소 건강하게 크론병을 치료할 수 있을 것이라고 나는 생각한다.

크론병 환자의 치료 사례

재생 기회를 완전히 박탈하는 장기 절제술

나는 환자를 볼 때 응급으로 수술이 필요한지 아닌지를 가장 먼저 고민한다. 당장 수술이 필요한 환자는 내가 조직을 재생시키기 전에 생명과 관련한 응급상황이 닥칠 수 있는 경우이다.

살릴 수 있는 장은 수술하지 않고 살려 내야 한다. 그래야 환자가 여생을 건강하게 살아갈 수 있다. 장을 최대한 보존하려 노력하는 이유는, 수술과 절제라는 것이 환자의 몸에 어떻게 작용하는지 너무나도 잘 알기 때문이다. 수술, 절제라는 것은 절대로 쉽게 고통에서 자유로워지는 방법이 아니다. 그것은 다른 관점에서 보면, 재생할 수 있는 조직을 없애 버림으로써 재생할 수 있는 기회를 완전히 박탈해 버리는 것이다.

일부분이 잘려 버린 장기는 그 본래의 기능을 원활하게 수행할 수 없고, 그것이 장을 끊어 낸 크론병 환자들이 평생 소화장애나 배변장애에 시달리다가 수차례씩 장을 끊어 낼 수밖에 없는 이유이다.

하지만 일부 복막으로 천공되거나 복막염의 위험이 있는 경우는 급하게 수술이 필요하다. 그때는 신속히 수술한 후에 수술 부위의 회복과 남은 장의 기능을 최대화하는 게 치료의 목표가 된다.

죽어도 좋으니 장 절제만은

나에게도 보자마자 수술하라 얘기할 수밖에 없던 환자가 있었다. 처음 왔을 때 그분은 이미 크론병을 진단받은 지 10년이 한참 지난 후였다. 10년 전에 크론병을 진단받고 장의 천공까지 진행되었던 환자였으며, 그래서 10년 전에 장을 이미 40cm 가량 절제한 환자였다.

그 환자는 장을 절제한 후로도 남아 있는 장에서 염

증이 또 진행되었다. 그 독한 면역을 통제하는 약물을 사용했음에도 염증이 재발하였다는 의미인데, 그간 장 조직의 재생이 전혀 되지 않았음을 의미한다.

염증을 통제하는 것은 조직을 재생시키는 것과는 다른 개념이다. 크론병 환자들은 대개 만성 허약상태이기 때문에 약물로 염증은 통제할 수 있을지라도, 장 조직을 복원해 내는 것은 불가능하다. 그리고 염증을 강하게 통제할수록 면역력이 떨어지기 때문에, 조직을 재생하는 것이 불가능하다.

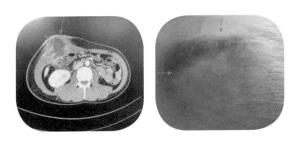

내원 당시 환자의 복부 상태. 큰 내부 농양이 육안으로도 확인된다

이 환자는 조직의 재생력을 확보해야 하는 환자였다.

하지만 그 전에 이미 너무나도 크게 발생한 농양을 제거해야만 했다. 배의 두꺼운 근육과 지방층 위로도 부풀어 있는 농양은 내부 직경이 10cm 이상으로 커져 있는 상태였다. 환자는 이미 복압이 가해질 때마다 통증으로 제대로 허리를 펼 수도, 걸을 수도, 다리를 쭉 편 채로 누울 수도 없는 상태였다.

환자의 몸은 너무 야위어 보였다. 밥을 먹을 수 없다고 했다. 음식이 들어가면 우측 하복부에서 통증이 너무 심하다고 하였다. 밥을 거의 못 먹었기 때문에 벌써 급작스레 체중이 10kg 이상 빠진 상태였다.

보자마자 당장 수술을 하라고 얘기했다. 내부에서 농양이 터지면 복막염이나 패혈증으로 사망할 수 있는 환자였다. 하지만 환자는 수술을 하고 싶지 않다면서, 이미 했었지만 또 발생했기 때문이라고 했다. 수술로는 근본적인 문제를 해결하지 못하기에 아마 수술 후에도 고단한 인생을 보내게 될 것이라고 내심 생각했지만, 그럼에도 나는 환자를 응급실로 빨리 가라고 했다.

하지만 며칠 뒤, 환자는 수술하지 않고 다시 나를 찾아왔다. 장을 많이 잘라 내야 한다는 의사의 말에 다시 한의원으로 온 것이다.

병원에서는 CT상 과거 절제했던 회맹부 부근에서 협착이 발생하였고, 10cm 가량의 농양이 있다고 하였다. 입원하여 수술을 바로 해야 한다는 소견이었다.

환자는 죽어도 좋으니, 장을 더 이상 자르지 않게 해 달라고 했다. 환자는 간절하고 절박했다. 위험할 수 있다고 알려줬는데도 응급실로 가기 싫다고 했다. 그 환자는 내가 조금이라도 잘못 치료하거나 시기를 놓치면 위험한 일이 벌어질 수 있는 환자였다.

환자의 간절함이 없었다면 나 역시 그 환자를 치료하지 않았을 것이다. 그는 간절했고, 그것은 진심이었다. 나는 가능성이 50% 정도 된다고 이야기했다. 그 말은 이미 커진 농양이 내부에서 터지지 않고 외부로 배출되거나 삭혀질 가능성이 50%이고, 터질 가능성이 50%라는 것이다. 그래도 치료할 것인지 나는 재차 확인했다.

환자는 그래도 나에게 치료받겠다고 했다. 그래서 나는 그 환자에게 한의원에 매일 내원을 하고, 매일 경과를 보고할 수 있겠냐고 물었다. 이상반응이 생기면 주저하지 않고 응급실로 가 수술할 것을 약속할 수 있냐고 물었다. 환자의 다짐을 들은 후, 나도 최대한 치료에 전념하기로 마음을 먹었다.

당시 환자는 식사를 거의 하지 못한 상태에서 계속해서 묽은 점액변을 보고 있었다. 이렇게 섭식이 거의 불가능한 환자들은 보통 진맥을 해보면 기력이 다 소진되어 허약해진 상황이 보이지만, 그 환자의 경우에는 맥 상으로도 내부의 심각한 염증 상태를 명확하게 확인할 수 있었다.

기력이 다 소진되어 모든 맥이 얇고 가늘게 저 밑의 뼈까지 가라앉아 있음에도 불구하고, 맥벽 자체의 저항과 긴장감은 너무나도 뚜렷했다. 몸 내부에 심하게 막힌 정체가 있어, 그 긴장되어 곧 터질 것 같은 상황이 맥을 통해 나의 손가락 끝에 전해진 것이다. 맥동은 안정기 상태에서도 굉장히 빠르고 불안정했으며, 그 안의 혈액의 상태는 거칠면서도 혼탁했다. 이것은 내장기에 염증이 있는 상황을 명확하게 알려주고 있었다.

우선은 농양을 빠르게 줄여야 했다. 환자가 생활하면서 언제 그 농양을 뱃속에서 터뜨릴지 모르는 일이기 때문이었다. 나는 농을 밖으로 배출시키기로 계획했다. 내부에서 농을 삭히는 데에는 시간이 필요하고, 그 시간 동안 끔찍한 일이 일어날지도 모른다는 판단에서였다. 농을 밖으로 전부 배출시킨 후, 빠르게 재생력을 확보하여 상처를 아물게 만들어야 했다.

한의학에서는 탁리배농托裏排膿(안에서 밀어내어 농을 밖으로 배출하는 한의학적 치료법)이라고 이런 상황을 해결할 방법이 존재했다. 내장기에서 염증을 강하게 통제하며, 장에서부터 배 밖으로 농양을 배출할 수 있도록 한약을 처방하였다. 빠른 배출을 돕기 위해 배의 피부에 발라서 붙이는 고약도 만들어 사용하였다.

한약은 최대로 복용하도록 지시하였다. 하루에 최소

10팩 이상의 한약을 복용하도록 하였고, 환자는 하루에 10팩씩 한약을 먹어 주었다. 한약은 염증을 통제하면서도 환자의 소화기, 통증, 기력 저하의 상태를 모두 고려하여야 했다. 다행히 한약은 정확하게 들어갔고, 환자는 구역·구토·소화 장애 없이 한약을 소화해 낼 수 있었다.

일주일의 간격을 두고 환자의 증상을 살폈다. 증상이 경감하는 게 뚜렷하게 보이지 않는다면 치료를 중단해야 했다. 이미 손상된 조직에 염증이 진행되거나 폐색이 발생하면 복통이 심해질 수 있으니, 복통이 감소하는 모습을 보이지 않으면 응급실로 전원하기로 하였다. 그렇게 한의학적 치료를 시작하고, 환자는 다행히 증상이 호전되는 모습을 보이기 시작했다.

처음에는 한약을 복용하면 2~3시간 가량 우하복부 통증이 덜해진다고 하였다. 한약 복용이 시작되면서 미음, 죽, 누룽지탕으로 식사를 시작하도록 하였는데, 환자는 식사를 하면서도 소화장애와 복통이 감소하기 시작했다. 누룽지탕, 미음, 된장국 등은 소화가 충분히 가능해지면서 식사 횟수를 계속해서 늘려갈 수 있었다. 환자는 이미 진행되던 장의 협착으로 밤낮 구분없이 구역감이 심했는데, 치료를 하면서 구역감이 낮에는 소실되고 밤중에만 존재한다고 하였다. 한 달 반쯤 지나자 구역감은 밤낮 구별없이 소실되었고, 두 달이 지났을 무렵 환자는 우하복부의 통증이 없다고 얘기하였다.

복통이 없다고 얘기한 지 며칠 지나지 않아 환자의 배 밖으로 농포가 보이기 시작했다. 환자는 환부가 굉장히 가렵고 콕콕 쑤시는 듯한 느낌이 든다고 했다. 내부에서 밀어낸 농이 배출되려 하는 것이니, 한약 복용을 충실히 하고 처방한 연고를 계속해서 바르라고 지시하였다. 며칠이 더 지나자 농을 드디어 밖으로 배출할 수 있었다. 처음에는 많은 농들이 밖으로 나왔다. 거즈를 대고 농을 흡수시키도록 했다. 피도 같이 묻어 나왔다. 거즈를 계속 갈며, 소독에 만전을 기하도록 시켰다.

엄청난 양의 농이 나오고 피가 같이 섞여 나오다가 진물 정도가 나왔고, 그 진물의 양조차 줄어든 환자의 환부에는 큰 구멍이 뻥 뚫려 있었다. 까만 구멍 속으로 안은 보이지도 않았다. 이제는 병원에서 검사 상 장내에서 배액해야 할 액체나 고름이 보이지 않고, 혈액검사상 염증 수치가 정상이라고 얘기하였다. 하지만 병원은 환자에게 한번 더 수술을 권했다. 수술 없이는 누공이 닫히지 않을 것이니 수술이 필요하다는 소견이었다. 환자는 이번에도 수술을 원하지 않았다.

누공이 있다 해서 강제로 조직을 닫으려 할 수는 없었다. 감염의 위험 때문에 빠르게 누공을 닫아 내야 했지만, 누공이 강제로 닫힐 경우 혹시 다시 생성된 내부 농양이 배출될 길이 없기 때문이었다. 내부 상황이 교정되어 농양이 내부에서 발생하지 않게 되고, 그런 후에 몸이 스스로의 재생력으로 누공을 닫아 낼 수 있을 뿐이었다. 누공의 범위를 보았을 때 오랜 치료가 될 거라고 환자에게 얘기했다. 환자는 그 치료를 열심히 따라와 주었다.

농이 배출되고 2달이 되지 않아, 환자는 체중이 10kg이나 증가했다. 아주 좋은 일이었다. 조직을 복원하기 위해서는 체중이 반드시 늘어야 했고, 복벽에 뚫린 구멍을 찌운 살들로 눌러 닫아야만 했다. 나는 장조직을 재생하기 위한 한약을 계속해서 처방하였다. 장조직을 재생하려면 환자의 조직 재생력을 회복시켜야 했고, 장으로 혈액을 보낼 수 있어야 했으며, 그 혈액이 조직을 재생하기에 적합해야 했다. 그렇게 처방된 한약을 복용시키며 체질 식단 위주로 일반 식이를 하도록 하였고, 유산소 운동을 병행하도록 하였다.

농이 차 있던 부위는 살이 차오르며 구멍이 조금씩 커져 보이다가, 그 후로 점차 구멍이 작아지기 시작했다. 그 후에는 표면에 막이 씌인 듯 닫혀 보이기 시작하다가, 3개월이 조금 더 지나자 실제로 환부가 닫혔다 열렸다를 반복했다. 환자의 컨디션에 따라 그런 것인데, 이는 재생력을 계속 보강할 경우에 완전히 환부가 닫힐 수 있음을 의미하였고, 환자 몸의 상황이 스스로 누공을 닫아 낼 수 있는 상황임을 의미했다.

그 후로 점점 구멍에는 살이 차오르는 모습이 보였

다. 차오른 구멍은 살에 짓눌려 점처럼 보이게 되었는데, 계속해서 육안으로도 회복이 되어 가는 모습을 보여 주었다. 환부가 막힌 듯 보이기 시작한 후로 일 년 가량이 더 지나자, 진물이 더 이상 나오지 않게 되었다. 이는 복벽으로 뚫린 누공이 막혔다는 의미였다. 그렇게 위험하고도 긴 치료를 지나, 환자는 크론병을 극복하고 안정된 일상으로 돌아갈 수 있게 되었다.

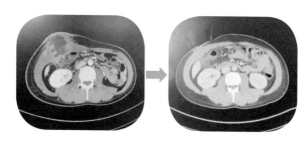

CT 전후 사진

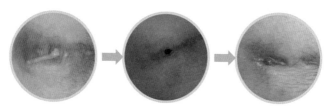

내부농양이 배출되고 누공이 회복되어 가는 경과

그 환자는 아직도 내 기억에 또렷이 남아 있다. 위험했던 시간들 속에서 치료에 집중하면서 나를 따라와 주었던 고마운 환자이다. 어찌 보면 동네에 있는 일개 한의원의 한의사라 생각할 수 있었는데도, 환자는 멀리서 찾아와 서양 의학의 권위 있는 치료보다도 나의 지시를 선택하고 따라 주었다.

나는 한의사로 일한 지 20년이 다 되어 가는 시간 동안, 대학병원에서나 볼 법한 크론병 환자들을 치료하고 있다. 입원 시설도 없고 CT나 내시경도 없지만, 많은 크론병 환자들이 나를 선택해 치료받고 있다. 서양 의학에서는 장을 눈으로 보고, 염증을 통제하는 장비와 시설들이 중요할지 모르지만, 나에게 더 중요한 것은 사람이었다. 그 사람을 병 들게 한 진짜 원인을 찾는 것이다.

질병 이전에 사람을 보고, 그 원인을 파악해서 그들에게 맞는 치료법을 찾고, 각각의 방법으로 치료하고 관리해 나가는 것이 내가 크론병 환자들을 치료하는 방법이다.

장폐색이나 천공, 누공 환자들은 서양 의학에서는

1순위 수술의 대상이다. 하지만 나에게는 그런 환자들이 좀 다르게 보인다. 많은 환자들은 서양 의학의 수술에 순순히 따르지만, 이미 중증화 상태의 환자들은 그 치료법을 감당할 수 없는 경우가 대다수이다. 그렇기에 수술 부위에서 다시 염증이 발생하거나, 수술과 약물치료 과정에서 회복력이 급격히 떨어진다거나, 평생 장애에 가까운 소화·배변 상태로 살게 되든가 한다.

크론병 환자를 치료하려면 손상된 장만을 들여다봐서는 안 된다. 그 전에 환자를 먼저 보고, 근본적인 원인을 파악하고, 적절한 치료법이 무엇인지를 고민해야만 한다. 그래야 환자들이 바라는 건강하고 평범한, 소중한 일상으로 돌아가게 도와줄 수 있다.

이 치료 사례를 전할 수 있게 해 준 환자 분께 고마움을 표하며, 이 글이 또 다른 크론병 환자에게 치료의 길잡이가 될 수 있기를 간절히, 바란다.